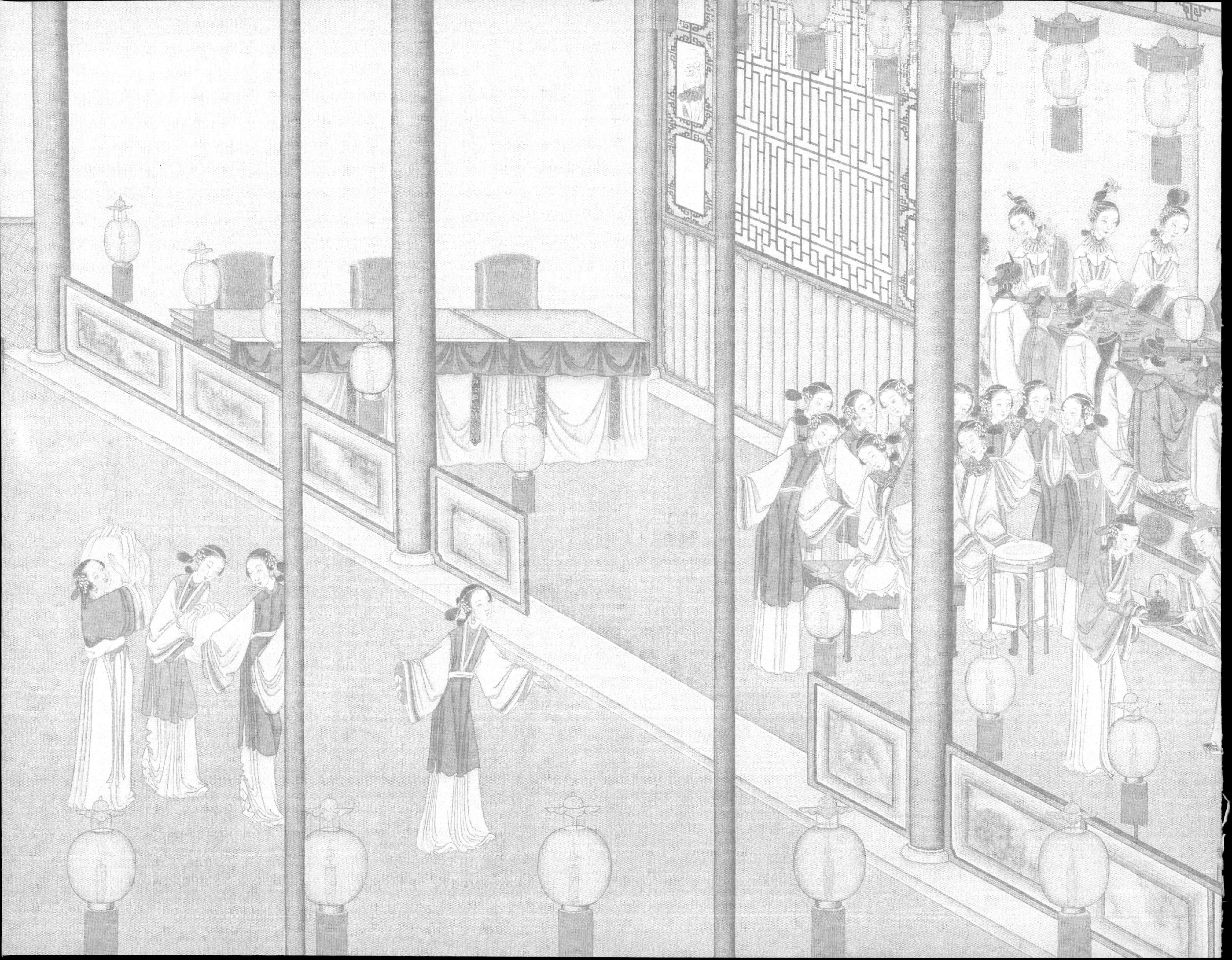

石头记 的虚幻与真实

重读红楼梦

马以工 著

中国友谊出版公司

图书在版编目（CIP）数据

石头记的虚幻与真实：重读红楼梦 / 马以工著. --
北京：中国友谊出版公司, 2022.8
ISBN 978-7-5057-5512-3

Ⅰ.①石… Ⅱ.①马… Ⅲ.①《红楼梦》研究 Ⅳ.
①I207.411

中国版本图书馆CIP数据核字(2022)第111247号

著作权合同登记号 图字：01-2022-4911

版权所有 © 马以工
本书版权经由联经出版事业公司授权
银杏树下（北京）图书有限责任公司简体中文版
委任安伯文化事业有限公司代理授权
非经书面同意，不得以任何形式任意重制、转载。

书名	石头记的虚幻与真实：重读红楼梦
作者	马以工
出版	中国友谊出版公司
发行	中国友谊出版公司
经销	新华书店
印刷	河北中科印刷科技发展有限公司
规格	889毫米×1194毫米　16开 13.25印张　300千字
版次	2022年8月第1版
印次	2022年8月第1次印刷
书号	ISBN 978-7-5057-5512-3
定价	148.00元
地址	北京市朝阳区西坝河南里17号楼
邮编	100028
电话	（010）64678009

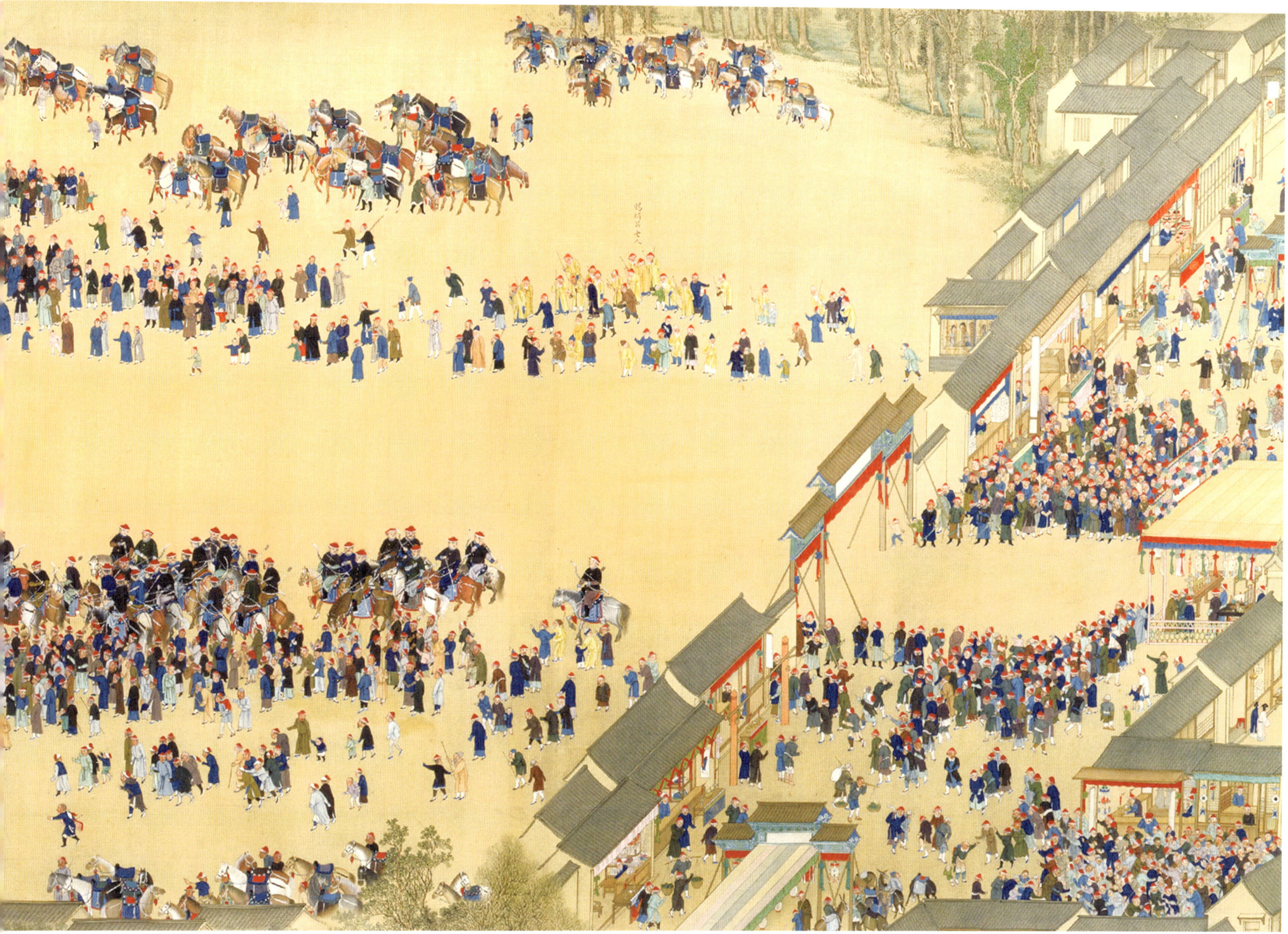

元春

小说（fiction）这个词，原本就有虚构、想象与编造的含义。
小说《红楼梦》是作者虚构之文、自传还是索隐的宫廷秘闻？

在胡适提出《红楼梦》可能是曹家自叙传之前，清代早已有各种说法，如《红楼梦》是顺治帝与董鄂妃的故事，或是反清复明的血泪史，甚而还有认为其是康熙末年诸皇子的夺嫡风波等。

历年来学术界对该书的结构、思想、形象及艺术性等多有研究，形成红学，其中，对曹雪芹的家世、创作动机、原稿面貌等亦有些研究成果，又以"曹学"或"探佚"为名。只是撰写书的时间及所描写的事物究竟为何，迄今仍是一谜。曹雪芹的生卒年月究竟为何，以及他的亲生父亲究竟是曹颙、曹頫还是其他曹家族人，皆没有定论。

谜般的批书者脂砚斋，每每在书页中留下了无数条评语，似对作者叙述的事件听过、见过或经历过。脂批虽似是在解释虚构故事背后的真实，但仍没能让读者窥见全书更清晰的面貌。

两百年来吸引着人们好奇心的，不断让人们希冀解谜的，实是作者的撰写风格。全书如三十一回脂批"草蛇灰线在千里之外"所述，布满机关线索，以一些谶诗谜语来吸引读者。余国藩的《重读石头记》中认为，脂砚斋

此书原系空虚幻设

虽说"此书原系空虚幻设"，但批语处处显示，书中片段都是真实的复述或真相的复制。作者与批者间存在着"在想象的世界中我们共享的真相"的默契。读者似乎亦必须先有所知，才能与闻。

近年来更有不少人否决曹雪芹的著作权，提出吴梅村、洪升等清初文人才是红楼梦的真正作者，使谜团更加混沌。各门各派各说各话，但书中并非事事有本，人人有所影射，是解谜者须有的觉悟。书中某些人与事，与历史中曹家的人与事，确有不少的契合，但一部好的小说，就算真的是自叙，也不至于将家人、亲戚与书中的主角个个对号入座。

书未完雪芹早逝，使《红楼梦》留下怎么也理不清事实的残局，这种天残地缺更增加了红学的吊诡，旷世大谜也只好留给后世读者共同面对，这是一代代红楼读者的宿命。

虚幻与真实的交错，才是《红楼梦》作者自身的经历、家世与他作品内容之间的关系。

目　录

第一讲　曹家 1
　　从龙入关 2
　　皇帝近臣 3
　　南巡接驾 5
　　三代四世江宁织造 6
　　镶红旗王妃 7
　　龙翰凤藻　红豆相思 8
　　曹寅　贾演 11
　　谜般的曹霑 13
　　苏州李家 15

第二讲　从程乙本说起 17
　　因悲剧胜出 19
　　两页消失的石头神话 21
　　变调的还泪 25
　　结构性的改变 26
　　元妃的生与死 27

第三讲　甲戌本 29
　　新月 30
　　风雅父子 32
　　胡适看甲戌本 33
　　三大抄本：甲戌本、己卯本、庚辰本 34
　　甲戌本凡例 36
　　甄士隐释《好了歌》 39
　　脂批中罕见的冷淡 41
　　天香楼事 43

第四讲　石头 47
　　三生石 48
　　巫峡石 50
　　姑苏？金陵？ 51
　　石头城 55
　　西园、煦园 58
　　甄家 60
　　南直召祸 61

第五讲　谜般的脂砚斋 63
　　脂批、石见，谁是脂砚斋？ 64
　　畸笏叟 67
　　满床笏 69
　　谁最可能是畸笏 70

第六讲　十二金钗 71
　　书名《金陵十二钗》 72
　　脂砚斋看十二钗 77
　　琉璃世界白雪红梅 81
　　十二钗四上四下 82
　　排序的玄机 84
　　十四 85
　　第十四个登场的金钗 86
　　飞鸟各投林 88

第七讲　谜 89
　　一从二令三人木 91
　　制灯谜　悲谶语 92
　　暖香坞的春灯谜 97

　　薛小妹的未解谜 98
　　筝、争、祺、祯 99

第八讲　大观园 103
　　随园 107
　　江宁织造 111
　　苏州织造署　拙政园　留园 113
　　后海恭王府花园 117
　　清漪园　圆明园 119
　　山子野　山子张 122
　　理想世界 123
　　孙公园 124

第九讲　太虚幻境 127
　　梦 128
　　原点与终站 131
　　色色空空地 132
　　似梦非梦 134
　　北邙山 136

第十讲　三春与三秋 137

　　元宵与中秋 138

　　烟消火灭的第一个元宵 140

　　省亲——繁盛极致的第二个元宵 143

　　海棠社、菊花诗——齐备的三秋盛景 145

　　送别的元宵节——未完成的中秋诗 146

　　冷月葬花魂 148

第十一讲　俗眼难测的神机 151

　　木石前盟 153

　　花木飘零 154

　　金木恶缘 155

　　金玉良姻 157

　　红楼纪历 159

　　虎兔相逢大梦归 160

　　真实人物的生辰与八字 161

　　伏 162

　　屠维作噩 163

第十二讲　节气 165

　　二分二至 166

　　冷香丸 169

　　芒种 171

　　灰琯、萤、七十二候 172

　　二十四番花信风 174

　　开到荼蘼花事了 175

附录一　《康熙南巡图》 179

附录二　南巡图第十、十一卷中的南京 180

附录三　重要红学家及著作 181

附录四　与《红楼梦》相关历史人物 182

附录五　与《红楼梦》相关清皇室人物 183

附录六　《红楼梦》版本简述 184

跋 188

第一讲　曹家

小说家自身的经历与家世和他的作品之间有一定的关联是必然的。胡适首先提出《红楼梦》极可能是作者曹雪芹家族自叙，因而开启了各界对曹家的关注与研究。多年来，发现《红楼梦》中的某些人与事和历史中的曹家确有不少的契合，这更鼓励了大家继续为书中的人、事、物一一寻找原型。

书中的贾家是现实中的曹家吗？书中主角姓贾，虽说是为了表明这个故事是假的，但"贾（賈）"与"曹"这两个字实在太像了，加上书中贾家先祖宁国公名贾演，也与曹家的核心人物，被认为是曹雪芹祖父的曹寅名字相近。

书中许多情节也与曹家现实生活中一些重要事件类同。贾家长女贾元春入宫晋封为凤藻宫尚书，加封贤德妃。曹寅的长女经康熙指婚，嫁平郡王纳尔苏为嫡福晋，以包衣之女的身份嫁给当权的王族贵胄，在当时确是绝无仅有的恩典殊荣。

曹家三代四世的江宁织造，当的虽是芝麻小官，但代管巡盐可是肥缺；而书中林黛玉的父亲就是钦点巡盐御史，这是否纯属巧合？曹家在江南前后近六十年，因曹寅个人与康熙皇帝特殊的关系，实际上做的是皇帝在江南的耳目密探，除了人人畏惧外，还可拿着皇帝家的银子挥霍，笼络江南的文人，锦衣玉食，真是风光。

康熙六次南巡，四次由曹寅接驾，且驻跸在江宁织造府。在自家接待皇帝是亘古所无，更是曹家无法忘怀的殊荣。脂批"借省亲事写南巡，出脱心中多少忆昔感今"，不是没有根据的。

作者若没有如此奇特的身世经历，是绝对写不出《红楼梦》的。若《红楼梦》只喃喃自语曹家的林林总总，也不过是世间偶尔激起的一朵小水花，很快就没入历史的洪流中。

只因《红楼梦》又将虚幻与真实交错完美呈现，才使历史中的这朵小水花，变得澎湃汹涌，惊起波涛万千。

从龙入关

曹家先世跟着多尔衮入关，
战功彪炳的多尔衮三兄弟却有命无运，
与大位及荣华富贵都无缘。

曹家先世的资料极少，目前所知其原籍为汉人，约在明永乐年间迁到关外，明末为清军俘虏，后归顺清朝。曹家先世迁居关外后与《红楼梦》成书之间的关联，是他们与清朝皇室爱新觉罗家族结下的种种不解之缘。

皇太极天聪八年（1634）时，曹寅的祖父曹振彦在多尔衮麾下，属正白旗包衣，随军各处征战。曹家最早的功名，就是跟着多尔衮东征西讨得来的。这段征战历史被认为写进了《红楼梦》第七回，焦大提到他曾跟着太爷们出过兵，还救过太爷的命。

顺治元年（1644）五月，曹家跟多尔衮顶着"从龙入关"的殊荣，进入了北京城。当时正白、镶白两旗是八旗中最精锐的部队，努尔哈赤晚年时，将此两旗交给他喜爱的第十四子睿亲王多尔衮，以及与多尔衮同为大妃乌拉纳喇氏所生的十二子英亲王阿济格，和十五子豫亲王多铎三兄弟。

曹家与多尔衮的关系密切，有人认为贾赦与贾政的名字暗隐"摄政"两字。顺治八年一月多尔衮病逝，多铎在此之前已因痘疫去世，英亲王阿济格希望能接下多尔衮死后的军权，却在同年十月被冠以叛乱罪名，与儿子劳亲一起被赐死。

清军能得天下，大都是此三兄弟征战所建的战功，但此三人却都与荣华富贵大位无缘，命运凄惨确如《红楼梦》所叹甄英莲"有命无运"的人生。书中甄英莲，除名字暗喻"真应怜"外，因也曾一度以"英菊"为名，是否

多尔衮（1612—1650）是努尔哈赤第十四子，清军得以入关之战将，顺治未亲政前之摄政王。

多铎（1614—1649）努尔哈赤十五子，与多尔衮、阿济格为同母兄弟。

为了纪念"英"亲王阿济格？不得而知。

阿济格的后代敦诚与敦敏兄弟是曹雪芹的挚友，我们对曹雪芹有限的了解都依赖此二人的诗文。当时他俩只是闲散宗室，无权无势。

多尔衮死后不久即遭夺爵，正白旗包衣归皇帝自将，曹家的主子从多尔衮变成皇帝，自此曹家与皇室绵延了将近百年的关系，以曹寅担任江宁织造时期为顶峰，这多少间接促成了《红楼梦》的登场。

皇帝近臣

皇帝近臣曹寅是康熙的伴读、侍卫、密探与宠臣，
没有一个文学家的家族能如此直接地接触到皇帝，
并熟知皇家的隐秘。

作者先世与皇家有密切关系，并不表示全书系皇家秘辛。

曹家的资料只有曹寅的较多，亦较翔实。美国著名的汉学家史景迁（Jonathan Spence）以曹寅从织造、接驾、巡盐、密探到他的生活为博士论文题，后改写为《曹寅与康熙》一书，详述了曹寅作为康熙宠臣的一生。

曹寅生于顺治十五年九月初七，他父亲是曹振彦的长子曹玺。康熙二年，曹玺全家南迁出任江宁织造，开启《红楼梦》的序曲。

据纳兰容若所述，比康熙小四岁的曹寅确实做过康熙的伴读，也当过康熙的侍卫。容若小康熙一岁，一样是康熙的伴读与侍卫，他父亲明珠是康熙时的权相，他母亲是英亲王阿济格的第五个女儿，与曹家关系密切。

康熙二十三年六月，曹玺病逝任上，曹寅南下奔丧，并奉旨协理江宁织造。同年十一月康熙第一次南巡，特别到江宁织造署慰问曹寅全家。十二月初三，康熙任命马桑格接任江宁织造，曹寅在次年五月回到北京，继续在皇帝身边当差。

康熙二十九年曹寅出任苏州织造，康熙三十一年他才又调任江宁织造。曹寅上任后，因他与康熙关系非比寻常，比他的父亲曹玺担当了更多康熙交付的特殊任务，包括联系及笼络江南文人，特别是明朝遗臣。曹寅当然就是皇帝在江南的耳目密探，有上"密折"给皇帝的权力。这些信息不传六耳，只有曹寅及皇帝知道。

曹寅曾是少年康熙（上图）的伴读与侍卫，得到皇帝极大的信任。

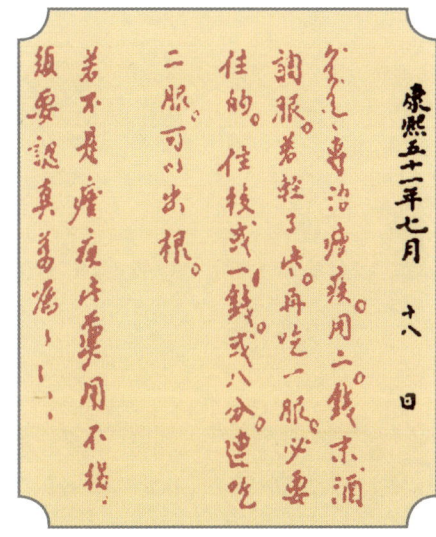

康熙亲撰的金鸡纳霜服用方式及连书四个"万嘱"，对曹寅的关爱表露无遗。

也有人认为曹寅与康熙的关系，在于曹玺妻孙氏曾是康熙的保姆。康熙第三次南巡时，为孙氏书"萱瑞堂"三字，红学家认为说的就是荣国府的"荣禧堂"。

康熙五十一年曹寅到扬州，不幸染风寒转为疟疾，病危之时李煦奏请康熙赐圣药，康熙命驿马专程送金鸡纳霜南下，限飞骑九日到扬州，亲撰用药方法，同函连书四个"万嘱"，足证康熙对曹寅的关爱。

药到的仍是太晚，曹寅已于七月二十三日病逝扬州，享年五十五岁。

康熙六次南巡，四次由曹寅接驾。

南巡接驾

皇帝驻跸是曹家的殊荣，
接驾造成的亏空是曹家的噩梦，
导致日后曹𫖯被革职抄家。

康熙一生共南巡六次，最后四次分别在康熙三十八年、四十二年、四十四年、四十六年这四年，均由曹寅接驾并驻跸江宁织造署。

《红楼梦》第十六回，王熙凤与老家人赵嬷嬷谈太祖南巡是"仿舜巡"，可见在康熙之前从没有皇帝做过这样的事。书中叙述王、贾两家先祖都曾办过接驾，银子花得跟淌海水似的罪过可惜。十六回前的脂批显示，作者确是想借省亲写南巡。

接驾是曹家无比的光荣，皇帝还住在江宁织造署，更是鲜花着锦无与伦比，却也是永远的痛。因为接驾亏空的银子，到曹寅死后都补不完，直接导致日后曹家被抄家。

书中贾府为迎接元春，贾赦督率匠人扎花灯烟火，使园内各处，帐舞蟠龙，帘飞彩凤，金银焕彩，珠宝争辉。元妃见到"园中香烟缭绕，花彩缤纷，处处灯光相映……两边石栏上，皆系水晶玻璃各色风灯，点的如银光雪浪；上面柳杏诸树虽无花叶，然皆用通草、绸绫、纸绢依势作成，粘于枝上的，每一株悬灯数盏；更兼池中荷荇凫鹭之属，亦皆系螺蚌羽毛之类作就……"离开前说了："……倘明岁天恩仍许归省，万不可如此奢华靡费了！"

康熙二十八年第二次南巡时为正月底，记载地方官要老百姓结彩欢迎。康熙事后曾下诏："顷驻扬州，民间结彩盈衢，虽出自爱敬之诚，不无少损物力。其前途经过郡邑，宜悉停止。"第二次南巡盛况可从《康熙南巡图》上看出，确实处处张灯结彩。曹家所接驾的四次南巡，可能也做了庞大的人工春景，耗资万千。

曹寅晚年已饱受南巡接驾及长期累积下的债务之苦。康熙四十九年皇帝就在他所上"晴雨录"上批："……亏空甚多，必要设法补完……千万小心！小心！小心！小心！"次年皇帝仍在"晴雨录"上追问补亏空情况，曹寅不得不上奏折说明公债之数，竟已达五百二十余万两。朱批提醒亏空太多，留心不要看轻。

这些亏空重担成为噩梦，到曹寅死前仍未了，甚而到李曹两家被抄时都未了结。这种家族从极度的富贵荣华到被抄家后一贫如洗的沦落，也不是一般人能够经历的。

三代四世江宁织造

曹家一门祖孙三代都担任同一要职，
这个美谈的背后竟是如此悲凄的情境。

清代在江南共有江宁、苏州及杭州三处织造，江宁织造规模最大，负责龙袍等皇室使用的高贵织品。曹家三代做了四世的江宁织造，前后将近六十年，是作者引以为豪的家族历史。

作者因而似在文中卖弄织品的独门知识：第二十八回王熙凤要贾宝玉帮忙写礼单，礼品都是丝帛，包括"大红妆缎四十匹，蟒缎四十匹，上用纱各色一百匹……"；第四十回，贾母提到要拿什么样的丝或纱来用，描述软烟罗、霞影纱及不断头"卍"字锦等特殊织品，颜色与质感都是闻所未闻。

曹玺死后，曹寅并未立刻接下江宁织造的职务，而是隔了九年还先做了两年半的苏州织造。曹寅死后不久，康熙特别让曹寅独子曹颙立刻继任江宁织造，一门祖孙三代都担任同一要职确属美谈。有关曹颙及他担任织造的政绩，并无太多资料留下，只知他字孚若、号连生，约生于康熙二十八年。大家对他的关心，都集中在究竟他是不是曹雪芹的父亲。

康熙五十三年冬天，曹颙在北京述职时病逝。康熙竟在曹颙死后，为曹寅过继他的四侄曹𫖯为子，并让曹𫖯接任江宁织造。当时曹𫖯十分年轻，得以接任要职纯粹是康熙的特殊恩典，为了使曹寅家两代寡妇有人奉养。曹家三代四世江宁织造的殊荣，是在如此悲凄的情境下得到的。

曹𫖯曾于康熙五十四年三月奏告皇帝，颙妻马氏已怀胎七月，马氏产期当在夏日，若是生了男孩，则他的兄长有后了。许多红学家都认为，此遗腹子必得母亲与祖母特别的溺爱，像极《红楼梦》中的贾宝玉，因而推测雪芹

清代在江南有江宁、苏州、杭州三处织造，曹家至亲李煦（1655—1729）担任了三十年的苏州织造，红学界认为李家和曹家与《红楼梦》中故事关系匪浅。

生父就是曹颙，而雪芹就是曹天祐，也就是书中的贾宝玉。

曹𫖯生平被红学家忽视，认为他不过是《红楼梦》中的贾政。不少红学家认为他可能是重要批书者畸笏叟，也有人认为他是雪芹生父。

雍正登基后，立即查抄苏州织造李煦，曹家暂时幸免。雍正四年曹𫖯因织缎轻薄被罚俸，次年又因御用褂面落色再被罚，最后又被密告家人匿遁财产，终难逃被革职抄家的厄运。曹𫖯做了十二年又十个月的江宁织造。

革职后的曹𫖯三十岁左右，他还被枷号及要求赔偿亏空银两，是曹家三代四世织造中最大起大落的，也是最具戏剧性的人物。亦有人以为《红楼梦》初稿为曹𫖯所写，继而由其子雪芹并入了《风月宝鉴》稿，增删修改完成全书。这符合曹雪芹无论出生多早，都赶不上曹家最风光时的情况。

镶红旗王妃

以曹家包衣的低下身份，
能与皇亲贵胄联姻，
是史无前例的殊荣。

曹家最大的恩典殊荣，当属曹寅长女曹佳氏在康熙四十五年十一月，经康熙指婚嫁予平郡王纳尔苏。纳尔苏是努尔哈赤二子代善（1583—1648）之后，平郡王是清初所封的八大世袭罔替铁帽子王之一。以曹家包衣的低下身份能与皇亲贵胄联姻，在当时是史无前例的殊荣。

红学家都同意，作者炫耀家族光荣历史，元妃有曹佳氏的影子。嫁入王府的曹佳氏一共生了四个儿子，三个长大成人，长子福彭（1708—1748）出生时还惊动了天听。康熙四十七年七月十五，曹寅在给康熙的奏折上写道："臣接家信，知镶红旗王子已育世子……"

纳尔苏是皇十四子胤禵的西征副将，雍正四年纳尔苏因故被罢爵，未满十八岁的福彭继任了平郡王。

平郡王府（克勤郡王府）在北京城西，规模非常大，目前王府仍有重要院落被保存下来，作为学校使用。过去大宅都坐北朝南，因而平郡王府正面是小路新文化街，背面反而是宽阔的复兴门内大街。

平郡王府与曹雪芹工作过的右翼宗学，或曹家奏折上提过的在北京鲜鱼口的房产，都很近，是构思《红楼梦》的可能场域。

位于新文化街的平郡王府。

龙翰凤藻　　红豆相思

康熙四十七年六月二十六卯时，爱新觉罗·福彭诞生。

福彭十岁左右与胤祯嫡子弘明，被康熙接到宫中扶养；三四年后，乾隆才初次见到他的祖父康熙。

雍正即位后，福彭仍被留在宫中，并在雍正四年继任平郡王。雍正六年，十九岁的福彭初次与十六岁的皇四子弘历相见。

有些红学家认为福彭为弘历伴读。据史料显示，雍正的皇子们都是六岁开始读书，与福彭相见时，弘历已娶妻生子了，是否仍需伴读？况贵为铁帽子王亦不适合当伴读。

雍正八年福彭奉诏代雍正往盛京修理皇陵前水道。雍正十一年四月，二十四岁的福彭进入军机处——此处为雍正首创，因邻近皇帝正寝，朝夕处理皇帝亲自交办事项，并为皇帝提供策略，是清朝权力的核心。福彭原来就是天潢贵胄，入军机更贵为天子近臣，年纪轻轻就权倾一时。

同年八月福彭任定边大将军，率师讨噶尔丹策零，临行声势如日中天，等同皇太子的宝亲王撰文送行："……知王之果可大用也，遂有定边大将军之命，而统西征之师……王器量宽宏，才德优长……而与言政事，则若贯骊珠而析鸿毛也……"

弘历即位前，将自己诗文辑为《乐善堂全集》一书，卷首有福彭作序。诗集中显示，乾隆在皇子时代赠送诗文最多的友人，就是福彭。

夏日炎炎时，弘历有"夜卧听雨"忆福彭长达二十八句的长诗：

《乐善堂全集》为乾隆皇子时期作品，赠诗多首予福彭，遣词用句似曹雪芹所撰《红楼梦》二十八回贾宝玉初见蒋玉菡所唱的《红豆词》。

芭蕉响滴残梦醒，醒后悠悠动远思。

思在龙堆连雪岭，如心居士在军营……

犹忆去年烟雨中，绿蓑共泛沧波艇。

清宵蝶梦亦偶然，人生何必叹浮梗。

借有好风吹送诗，知君应在三秋领。

秋日，弘历又想起一年前的此时福彭奉命西征，离别的一周年又是长诗：

徘徊倚石栏，闲望抒清吟。

却忆昨年秋，令夕选知音……

抚景怀契阔，踌躇思不禁……

月明人尽望，壮士秋思沉。

冬日，弘历也有思念福彭远在苦寒边塞的诗：

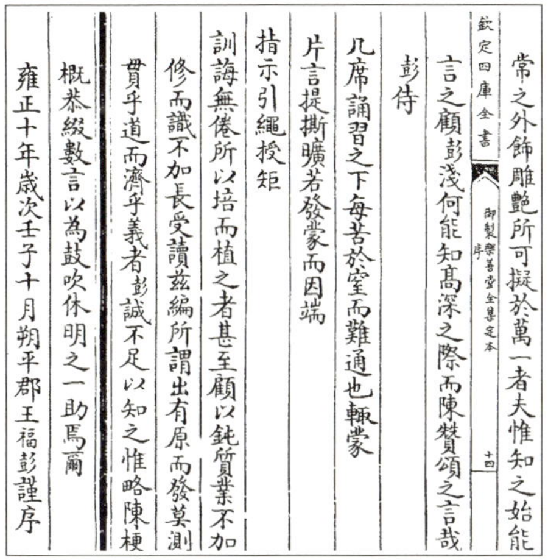

《乐善堂全集》乾隆邀福彭为他作序，序中文句谨守君臣分际。

弘历（上图）少年时期与福彭相知甚深，即位后乾隆大帝封福彭为总理大臣，位同宰相。当时弘历二十四岁、福彭二十七岁。

努尔哈赤次子代善（上图）与代善长子岳托（1599—1639）都被封为八大铁帽子王之一。福彭是岳托的五世孙。《红楼梦》中荣国公有子名贾代善，是巧合还是有意？

福彭的八字是戊子、庚申、辛未、辛卯。命理学上有一种说法认为，八字有子午卯酉者必属美貌。

暖阁熏炉刻漏移，闲情万里忆相知，
高斋趣永三余乐，绝塞风寒列戍悲。
约计凯旋应指日，欲缄书寄更无期，
难堪剪烛清吟夜，念到寒更耄暮时。

诗中弘历称福彭为"如心居士"，缘于雍正十一年春夏间，宫中举办的历时半年的法会。雍正亲自弘扬佛法，经指引而证道者收为门徒，计十四人。其中王族包括皇弟允禄号"爱月居士"、允礼号"自得居士"，皇子弘历号"长春居士"、弘昼号"旭日居士"，多罗郡王福彭号"如心居士"。

乾隆即位时，福彭正统兵乌里雅苏台任定边大将军，后被召回与允禄等共任总理大臣，地位等同宰相之尊。

因"凤藻"指宰相文笔，高阳以此来推测曹雪芹以元妃封凤藻宫影射福彭。

不久福彭似退出权力核心，乾隆亦不再赠诗给福彭。红学家在极有限的史料中推测，福彭可能卷入乾隆四年时胤礽子弘晳的夺权纷争中，导致失宠。

乾隆十三年福彭的名字才又见于史书，谕旨称："平郡王宣力有年，恪勤素着。今闻患病薨逝，朕心深为轸悼。特遣大阿哥携茶酒往奠，并辍朝二日。"谥曰"敏"。

对福彭研究甚深的红学家高阳认为，乾隆并未亲往奠祭显示已无友情，但他忽略了乾隆一朝因悼念亡者而辍朝不多：帝师朱轼得一日，嫡子永琏得七日，皇后富察氏得九日。乾隆第二任皇后被他贬以贵妃级的丧礼下葬，更遑论辍朝。他的皇叔不论受重用的允禄还是亲叔叔允祯，都没有这种殊荣，重臣如张廷玉、鄂尔泰也没有。但福彭死时，乾隆辍朝二日以为哀悼，可见对这个老友乾隆是怀念的。

北静王是《红楼梦》中特殊的人物，是否影射福彭？

《红楼梦》十四回贾宝玉初见北静王，似是描写曹家北返作者初见刚袭平郡王爵位的福彭，当时福彭未满十九岁，面如美玉，目似明星。

曹寅　贾演

两人名字如此神似，《红楼梦》是曹家自叙传记吗？

曹寅是曹家最重要的核心人物，如果没有康熙对他的信任，江宁织造不过是年俸一百五十两的内务府小差官；若没有曹寅，就不会有《红楼梦》这本书。如何找到曹家与贾家的"等号"，一直是红学家们热衷的游戏。

曹寅的一些逸事常被批书者隐约提起，像是西堂饮酒或说过树倒猢狲散的谶语等。晴雯补裘后"自鸣钟敲了四下"句下，有夹批"寅此样法避讳也"，暗示作者避"寅"字讳，为曹寅后人。

《红楼梦》中有曹寅吗？在一堆不是好色好赌就是迂腐官僚的男人中，会有曹寅这样一位才貌双全长辈的影子吗？

曹寅两字确与宁国公贾演的名字相似，但贾演是一个根本没有出过场的人物不说，原应是与贾演同辈的荣国公夫人史太君，不知何时变成了晚一辈的贾代善夫人，这个贾代善一辈怎么冒出来的，没有红学家明白。可见曹家与贾家间不存在一对一的关系，想如此对比出什么真相，反而会深陷泥淖。

多铎的后代裕瑞，生于乾隆三十六年，其所著《枣窗闲笔》透露了不少信息。虽然他说过贾宝玉并不是曹雪芹自己，但很多红学家还是将曹雪芹视为贾宝玉，同时也是曹颙的遗腹子曹天祐。

史景迁在《曹寅与康熙》附录中提到他自己对《红楼梦》的观点，认同此一父子关系。此书初版的时间是1966年，当时许多信息皆未被发掘，这些假设今天看来并不全然正确。

相信这种说法者认为，曹𫖯符合书中贾政的角色。此处还有祖孙真、父子假的论述。拿小说情节证明现实关系，有些匪夷所思。

康熙四十六年曹寅奉敕编纂《全唐诗》计九百卷。

又有人认为曹颙是早逝的贾珠。在书中贾珠是贾宝玉的哥哥，他的儿子贾兰未来似有功名，岂不较像官居州同的曹天祐。曹颙确有贾珠的身影，是一般红学家可接受推论合理范围的底线。

裕瑞说过贾元春等四姐妹是作者的姑姑辈，曹雪芹不论是曹颙的儿子还是曹𫖯的儿子，他的姑姑确实是王妃，符合早期作者构思元妃是王妃。

至于贾宝玉是谁，以现有资料确实无法探讨，或许是许多人物的综合，也有作者的想象，或是他自己的希望。

有些红学家认为，曹雪芹若非是生于康熙五十四年夏天的曹天祐，到抄家时他已满十三岁，是无法如此精确地描述曹家在金陵生活的锦衣玉食。唯此年曹颙的猝逝，使曹家又一次陷入绝境，只有亏空，哪来的荣华富贵。康熙再度伸出援手，替曹寅选他弟弟曹宣的四子曹頫入嗣，以扶养寅妻李氏及颙妻马氏。

事实上，曹雪芹即使再早生几年，也赶不上繁华鼎盛的曹家。只有此时接任江宁织造的曹頫，才有鼎食之家的生活经验，但他也不像贾宝玉，反而更像林黛玉。

曹頫约生在康熙三十五年到三十七年间，他父亲于康熙四十七年左右去世，曹頫到金陵投亲时约七岁，黛玉入京年纪也约七岁，第三回回目甲戌本独为《荣国府收养林黛玉》，旁有"二字触目凄凉之至"之批，全回对林黛玉母亡投亲的复杂心绪描写得丝丝入扣，并对走入贾府后看到内部的陈设，一步步走过的门、廊、厅、阁叙述得一丝不乱，非亲身经历者是无法如此确切地掌握的。

曹宣的生日为二月十二，书中林黛玉亦生于二月十二，是为纪念曹宣，还只是因该日为传统的百花生日，就不得而知了。若初稿部分的作者是曹頫，那么金陵的繁华旧梦、接驾的阵仗、抄家的悲痛都上心头，就说得通了，也不必担心年轻的雪芹，是否赶得上曹家全盛时期。

谜般的曹霑

曹雪芹的生平是一个谜，人们不但不知他的父亲是谁，而且对他生于何年、死于何年也还有各种争议。现存史料中关于他的信息，比可能是他父亲的曹颙或曹頫的还要少。

在这些有限的资料中，可靠的也不多，大约只有其挚友敦诚、敦敏两兄弟的诗文可以完全采信。

敦诚《四松堂集》一首《寄怀曹雪芹》诗名下有一"霑"字。这首诗在"扬州旧梦"句下注"雪芹曾随其先祖寅织造之任"十二字，是曹霑先祖为曹寅的实证。此诗以"不如著书黄叶村"为末句。

敦敏的《鹪鹩庵杂记》有《赠曹雪芹》诗，其中"满径蓬蒿老不华，举家食粥酒常赊"之句，描写曹雪芹生活贫困，住在陋室食粥赊酒的窘境，与《红楼梦》开场作者自叙"今日之茅椽蓬牖、瓦灶绳床……"类同。

二敦是英亲王阿济格的后代。阿济格同母弟多铎的后人裕瑞，是另一位提供较可信资料者，他的《枣窗闲笔》中透露了不少珍贵信息：

> ……雪芹二字，想系其字与号耳，其名不得知。曹姓，汉军人，亦不知其隶何旗。闻前辈姻戚有与之交好者。其人身胖头广而色黑，善谈吐，风雅游戏，触境生春……其先人曾为江宁织造，颇裕，又与平郡王府姻戚往来……闻其所谓宝玉者，尚系指其叔辈某人，非自己写照也。所谓元迎探惜者，隐寓原应叹息四字，皆诸姑辈也……

乾隆三十三年时，一位不认识曹雪芹的宗室爱新觉罗·永忠，从二敦的

敦敏（1729—1796？）与敦诚（1734—1791）兄弟是多尔衮和多铎同母兄长英亲王阿济格的五世孙，目前所知曹雪芹资料，都是通过两人的诗文。

主张曹雪芹生于康熙五十四年者，多半引用张宜泉的《春柳堂诗稿》上"年未五旬而卒"之附注。唯张宜泉生卒年不详，诗稿系光绪年刊本，较之二敦，此信息并非绝对可信。

永忠（1735—1793）是胤禵之孙，其所著《延芬室集》录有写于乾隆三十三年的吊曹雪芹诗。

叔叔墨香处读到了《红楼梦》，写了吊雪芹诗：

> 传神文笔足千秋，不是情人不泪流。
> 可恨同时不相识，几回掩卷哭曹侯。
> 颦颦宝玉两情痴，儿女闺房语笑私。
> 三寸柔毫能写尽，欲呼才鬼一中之。
> 都来眼底复心头，辛苦才人用意搜。
> 混沌一时七窍凿，争教天不赋穷愁。

永忠叔叔弘旿在诗前写："此三章诗极妙。第《红楼梦》非传世小说，余闻之久矣，而终不欲一见，恐其中有碍语也。"

永忠是康熙皇十四子胤禵的嫡孙，他的父亲弘明与福彭一起被康熙养育在宫中。雍正年间，弘明与父亲都被软禁；乾隆即位，胤禵被封恂郡王，弘明仍不愿入仕，并给每个儿子一套棕衣，要他们远避官场保全身首。永忠会如此感叹曹雪芹，必是《红楼梦》的故事说到了他的心坎中。

根据这些线索及一些信息拼凑，大致知道曹雪芹应该是在南京出生的，也在南京生活了一小段时间，由于曹家自曹寅晚年即陷入亏空噩梦，虽然他极可能是在江宁织造署中长大，但他并没有太多机会享受如书中贾宝玉似的锦衣玉食的生活。

他一生大部分时间都在北京度过，敦诚描述两人："当时虎门数晨夕，西窗剪烛风雨昏。"虎门是他与敦诚相识相交所在地，即北京西城石虎胡同的右翼宗学。由于宗学是皇家宗室才能进入念书的学校，雪芹应该仅是在该处工作。

敦诚最后的挽曹雪芹诗，有"四十年华付杳冥"之句，推测曹雪芹应该在四十岁左右英年早逝，留下尚未写完的《红楼梦》。

敦诚诗有"不如著书黄叶村"之句。北京植物园内曹雪芹纪念馆传说是他最后居住之地。此建筑物建于1984年，题壁诗发现于1971年，红学家大多不认为此诗与曹雪芹有关。

苏州李家

如果曹家是荣国府，
李家可能是宁国府吗？
还是王家或史家？

有红学家认为，今苏州第十中学的原织造府为《红楼梦》中的宁国府，其门口真有一对石狮子。

曹寅调任江宁织造后，苏州织造一职即由其姻亲李煦接任。李家先世与曹家极为近似，一样在关外因被俘成为清正白旗包衣。与曹玺年岁接近的李士桢，娶了曾任康熙保姆的文氏为妻，也与曹玺一样仕途顺利，并荫及子孙。顺治十二年李士桢长子李煦出生，他比曹寅大三岁，一样曾是康熙伴读及侍卫。

康熙二十年时，李士桢出任广东巡抚，筹设创建广东海关，并招商组建十三行洋行，是康熙中叶管理对外贸易及外务的重臣。王熙凤说："那时我爷爷单管各国进贡朝贺的事，凡有的外国人来，都是我们家养活。粤、闽、滇、浙所有的洋船货物，都是我们家的。"说她爷爷就像是在说李士桢，因而有人认为李家就是《红楼梦》中的王家。也有人认为曹家是荣国府、李家是宁国府，总之苏州李家与《红楼梦》关系密切。

康熙二十七年，李煦担任与皇帝起居最密切的畅春院总管；康熙三十二年，李煦接曹寅任苏州织造。日后曹家两次遭逢巨变，都由李煦出面奏呈，协助曹家孤儿寡妇渡过难关。

雍正元年正月，距康熙死不到两个月，李煦以近七十高龄被革职抄家，房舍二百三十六间被赏给年羹尧，家人十口及仆人二百一十七人被变卖为奴。因为没人敢买，雍正又将他们送给年羹尧为奴。雍正三年底，年羹尧被赐死自尽后，李家人再度颠沛流离，命运之凄惨令人无法想象。

雍正五年，李煦又被查出曾花八百两银买五个江南女子送给皇八子胤禩，刑部判斩监候。或许此时胤禩已死，雍正批示："李煦着宽免处斩，发往打牲乌拉。"雍正七年二月，李煦以七十五岁高龄饥寒交迫病逝流放地。

李煦长子名李鼎，康熙五十五年李煦又得一子名李鼐，此一命名与《红楼梦》中史湘云家的史鼎、史鼐兄弟相同，又有人认为李家可能是四大家族中的史家。

裕瑞说过贾宝玉者是雪芹叔辈某人，李鼎可算是雪芹表叔伯，李鼐出生时有文人写祝贺诗，惊讶兄弟二人相差二十岁，据此推算李鼎生于康熙三十五年前后。李鼎祖母文氏逝于康熙五十九年，时李鼎约二十五岁，文氏像宠爱孙子的史太君原型。

李鼎从出生到被抄家，至少过了二十多年纨绔子弟的日子，康熙最后一次南巡时他十余岁，算是经历过接驾的大阵仗。

红学家皮述民教授曾提出，李鼎才是贾宝玉的原型，也是批书的脂砚斋。这并非全属无稽之论。

病神瑛
淚灑相思地

補圖石頭記 第九十八回

程本《红楼梦》第九十八回回目《苦绛珠魂归离恨天，病神瑛泪洒相思地》被认为是续书的经典，也是最让读者落泪的一回。

第二讲　从程乙本说起

《红楼梦》完成至今虽已超过两个半世纪，但本书最初一百余年的阅读者，是属于小众的，直到1921年5月上海亚东图书馆出版了铅印本，大众才有机会接触到此书。亚东图书馆当时铅印多种有标点的古典小说。《红楼梦》的校点整理工作由书局编辑汪原放执行，他以清代刻本加上标点符号后，接受胡适建议，以胡适藏的程乙本校对。

《红楼梦》出版后十分畅销，曾多次再版，后来各大书局都据此版翻印，因此坊间的《红楼梦》几乎都源自亚东版。亚东版的底本是程乙本，那就先从程乙本说起吧。

所谓程乙本，是萃文书屋的书商程伟元在乾隆五十七年三月以活字版排印的一百二十回《红楼梦》。因为这套书程伟元在前一年已印过一次，这年只是修版重印。红学界为区分两书，分别以程甲本、程乙本命名。

不论程甲本还是程乙本，书中都附了二十四幅主角人物的绣像，全名是《绣像红楼梦》。程伟元会出版此书当然是有市场行情，如书前序中所说："好事者每传抄一部，置庙市中，昂其值得数十金。"比起手抄本来，印本的售价便宜不少，大大地拓展了读者群。

程伟元此举带动了其他书局继续刻印《红楼梦》的风潮，其中乾隆末年根据程甲本刻的东观阁本流传最广。

为何胡适选中程乙本为底本，在其《红楼梦考证》一文中，他曾自信满满地写着："'程乙本'我自己藏有一部。乙本远胜于甲本，但我仔细审察，不能不承认'程甲本'为外间各种《红楼梦》的底本。各本的错误矛盾，都是根据于'程甲本'的，这是《红楼梦》版本史上一件最不幸的事。"胡适认为程乙本前后接续非常完整，没有错误矛盾，所以适合给大众阅读。活字版排一次只能印一百套左右，此时《红楼梦》仍是小众文化，铅印才是《红楼梦》大众化的起步。

程乙本真的那么好吗？胡适当时并不知道七年以后，他会遇见并拥有甲戌本，彻底改变了他自己对《红楼梦》版本的看法，也改变了整个红学研究的界域。只是广大的读者没同步，被停格在程乙本上了。

汤显祖（1550—1616）是明末最重要的戏曲作家、文学家，其《牡丹亭》一剧对《红楼梦》影响深远。

因悲剧胜出

黛玉病死、宝玉出家，
《红楼梦》续书打破中国小说的团圆迷信。

清代已普遍认知《红楼梦》未完，没有一部抄本超过八十回，多事者自然会设法接续，有所谓《后红楼梦》被胡适讥之为："把黛玉、晴雯都从棺材里扶出来，重新配给宝玉。"还有更多荒诞不经的，如宝黛转世投胎再婚配等的团圆版。

《红楼梦》在迈入铅印本普及的关键时刻选了程乙本。较之其他光怪陆离的续书，程乙本除内容优秀外，胡适还认为是至少"替中国文学保存了一部有悲剧下场的小说"。他称赞高鹗难能可贵，居然忍心"教黛玉病死，教宝玉出家，作一个大悲剧的结束，打破中国小说的团圆迷信"。

悲剧就比团圆戏好吗？《牡丹亭》中杜丽娘不也是"从棺材里扶出来"配给柳梦梅，有谁为此骂过汤显祖？质量还是重要的。

程本第九十八回的回目《苦绛珠魂归离恨天，病神瑛泪洒相思地》回名就写得相当出色，回中贾宝玉闻黛玉已死，恍惚来到阴司泉路，想寻访黛玉亡魂，阴司答："林黛玉生不同人，死不同鬼，无魂无魄，何处寻访……"续书能呼应原著第一回，绛珠与神瑛的木石前盟神话，完成到如此凄厉的结果确实不易。

程本最后一回描述贾政扶母柩归葬金陵，回程雪天在船上写家书，写到宝玉时"……抬头忽见船头上微微的雪影里面一个人，光着头，赤着脚，身上披着一领大红猩猩毡的斗篷，向贾政倒身下拜……"也够精彩。

这些续书的片段，反而成了一般读者初读《红楼梦》时最深刻的印象。

程本后四十回有些段落，确实写得不落俗套，至于其他文稿，胡适认为后四十回虽比不上前八十回，但比其他续书好，且前八十回程乙本也比当时仅见的抄本"有正本"好，他特别以第六十七回为例，认为程乙本比较合理，他相信："大概程本当日确曾经过一番'广集各本核勘，准情酌理，补遗订讹'的工夫，故程本一出即成为定本，其余各抄本多被淘汰了。"

后来红学家才知道，胡适引以为例的六十七回是有问题的。曹雪芹虽说写了八十回，但缺六十四、六十七两回，也有些回没写完，或未增删完成，这些缺遗正是红学界寻访作者原结局、研究探佚的重要线索，珍贵资料被程、高两人这么"补遗订讹"一下，不就全都完了。

庆幸的是甲戌本等抄本陆续被发现了！

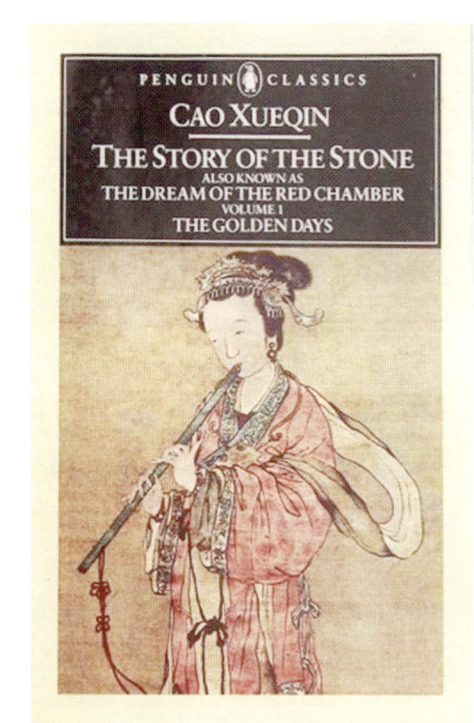

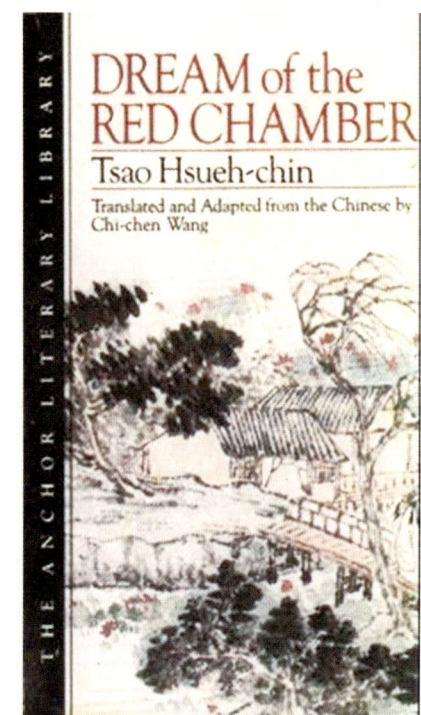

《红楼梦》已被翻译成多国文字，1973年至1986年间 Penguin Classics 出版五大册由 David Hawkes 和 John Minford 所译一百二十回最有名，用了 *The Story of the Stone*（《石头记》）为书名。1996年 Penguin Group 另出版了以 *The Dream of the Red Chamber*（《红楼梦》）为名的译本。

两页消失的石头神话

不要因为不知道就说不重要，版本真的很重要！

有人认为读《红楼梦》小说本文最重要，不用去管什么"版本"或什么"脂批"，这种说法对吗？阅读其他文学作品也许是对的，但读《红楼梦》是不成立的。

"未能补天的顽石"是《石头记》书名的楔子，第一回作者用大众所熟悉的女娲补天神话开始：

> ……女娲氏炼石补天之时，于大荒山无稽崖炼……顽石三万六千五百零一块。娲皇氏只用了三万六千五百块，只单单剩了一块未用，便弃在此山青埂峰下。谁知此石自经锻炼之后，灵性已通，因见众石俱得补天，独自己无材不堪入选，遂自怨自叹，日夜悲号惭愧。

此段文字各版皆同，程乙本"通"字后多出"自去自来，可大可小"两句。接下来各版均述说，石头不久见到一僧一道，彼此没有经过什么互动，两人无缘无故地，竟承诺带石头到红尘温柔富贵乡中安身乐业。

> ……那僧托于掌上，笑道："形体倒也是个宝物了，还只没有实在的好处。须得再镌上数字，使人一见便知是奇物方妙。然后携你到那昌明隆盛之邦，诗礼簪缨之族，花柳繁华地，温柔富贵乡，去安身乐业。"

虽庚辰本也是这般写的，这段文字实在不通之极，仅甲戌本多出了近两页的文字，精彩地描述一僧一道与石头间深刻的对话。（详见 22 页两页甲戌原稿）

其中重点在石头听到僧道说到红尘种种繁盛后的向往，这两人既诉说凡间乐事，挑起石头的好奇心，又以乐事不是永远的，到头不过一梦来浇冷水，脂批"四句乃一部之总纲"，这段写道：

四句乃一部之总纲

> 善哉，善哉！那红尘中有却有些乐事，但不能永远依恃；况又有"美中不足、好事多魔"八个字紧相连属，瞬息间则又乐极悲生，人非物换，究竟是到头一梦，万境归空……

凡心已炽的石头哪听得下说教，二人也觉悟这是劫数，所谓静极生动、无中生有。遂将石头变成玉坠大小，助它到红尘应劫，表示"待劫终之日，复还本质，以了此案"。

甲戌本这两页石头神话文字，是一个绝佳的开场，带出全书珍髓。除甲戌本外，其他抄本之底本中，此两页应该是遗失了，抄者为顺文字，加了些不通的字句连接。

右側頁：

骨格不凡丰神迥別說上來至峰下坐于
石邊高談快論先是說些雲山霧海神仙玄幻
之事後便說到紅塵中榮華富貴石聽了不
覺打動凡心也想要到人間去享一享榮華
富貴但自恨粗蠢不得已便口吐人言向那僧
道說道大師弟子蠢物不能見禮了適問二位
談那人世間榮耀繁華心切慕之弟子質雖粗
蠢性卻稍通況見二師仙形道體定非凡品必
有補天濟世之材利物濟人之德如蒙發一點
慈心攜帶弟子得入紅塵在那富貴場中溫柔
鄉裏受享幾年自當永佩洪恩萬劫不忘也二
仙師聽畢齊憨笑道善哉善哉那紅塵中有卻

左側頁：

有些樂事但不能永遠依恃況又有
好事多魔八箇字緊相連屬瞬息間則又樂極
悲生人非物換究竟是到頭一夢萬境歸空倒
不如不去的好這石凡心已熾那裏聽得進這
話去乃復苦求再四二仙知不可強制乃嘆道
此亦靜極思動無中生有之數也既如此我們
便攜你去受享受享只是到不得意時切莫後
悔石道自然自然那僧又道若說你性靈卻又
如此質蠢並更無奇貴之處如此也只好踮腳
而已也罷我如今大施佛法助你助你待劫終
之日復還本質以了此案你道好否石頭聽了
感謝不盡那僧便念咒書符大展幻術將一塊
大石登時變成一塊鮮明瑩潔的美玉且又縮成
扇墜隆大小的可佩可拿那僧托于掌上笑道形

通靈寶石
絳珠仙草

《红楼梦》重要的主角贾宝玉与林黛玉,作者安排了神瑛侍者与绛珠仙草木石前盟的"还泪"神话,脂批誉为"千古未闻",程本因缺页而将此段修改得不伦不类。此图为清代画家汪圻(1776—1840)所绘,为红楼绘图中之精品。

变调的还泪

石头到底是不是神瑛？宝玉是不是石头？
两者间读者应有无穷的想象，似云烟之中的无限丘壑。

《红楼梦》第一回以石头神话开场后，故事叙述到甄士隐登场，他的名字脂批"托言将真事隐去也"。在炎炎夏日午后，甄士隐梦到一僧一道，此时，脂批提醒读者"是方从青埂峰袖石而来"。这场梦中，作者从石头神话开场的基础上，编述了另一个还泪神话，暗示贾宝玉与林黛玉的前世情缘。

道人问僧携了石头意欲何往，僧答"现有一段风流公案正该了结"，趁此将石头"夹带于中"。

甲戌本、庚辰本都是这样写的：

> 只因西方灵河岸上，三生石畔，有绛珠草一株，时有赤瑕宫神瑛侍者，日以甘露灌溉，这绛珠草始得久延岁月。后来既受天地精华，复得雨露滋养，遂得脱却草胎木质，得换人形，仅修成个女体，终日游于离恨天外。饥则食蜜青果为膳，渴则饮灌愁海水为汤。只因尚未酬报灌溉之德，故其五内便郁结着一段缠绵不尽之意。
>
> 恰近日这神瑛侍者凡心偶炽，乘此昌明太平朝世，意欲下凡造历幻缘，已在警幻仙子案前挂了号。警幻亦曾问及："灌溉之情未偿，趁此倒可了结的？"
>
> 那绛珠仙子道："他是甘露之惠，我并无此水可还；他既下世为人，我也去下世为人，但把我一生所有的眼泪还他，也偿还得过他了。"

神瑛侍者就是贾宝玉，而绛珠是林黛玉，两人因有这么一段甘露之惠的姻缘，被作者喻为质朴的"木石前盟"，与日后俗世认同的"金玉良缘"相对。

看过这段文字，明显石头是被夹带的，跟着宝、黛两人一起到尘世历劫，与前文一致。

但程乙本却是这样写的：

> 只因当年这个石头娲皇未用，自己却也落得逍遥自在，各处去游玩。一日来到警幻仙子处，那仙子知他有些来历，因留他在赤霞宫中，名他为赤霞宫神瑛侍者。他却常在西方灵河岸上行走，看见那灵河岸上三生石畔有棵绛珠仙草，十分娇娜可爱，遂日以甘露灌溉，这绛珠草始得久延岁月。后来既受天地精华，复得甘露滋养，遂脱了草木之胎，幻化人形，仅仅修成女体，终日游于离恨天外，饥餐秘情果，渴饮灌愁水。只因尚未酬报灌溉之德，故甚至五内郁结着一段缠绵不尽之意。常说："自己受了他雨露之惠，我并无此水可还。他若下世为人，我也同去走一遭，但把我一生所有的眼泪还他，也还得过了。"

程乙本虽抄掠了一点文意，但铺陈的文字啰唆拙劣。更自作聪明地加上"……自己却也落得逍遥自在……"画蛇添足的文句，与前文石头"遂自怨自愧，日夜悲哀……"根本矛盾。

庚辰本等高明之处，在于并无将"石头"与神瑛侍者画上等号，让读者对两者有无穷的想象空间。石头到底是不是神瑛，或宝玉是不是石头其实并不重要，后文中也有多处，作者刻意区隔了宝玉与石头，也有些段落似合一，又似区隔。

重要的是，程乙本改动《红楼梦》前八十回共达一万五千五百三十七字。

结构性的改变

《红楼梦》续书"写食品处处不遗燕窝，未免俗气"。
程本真"一善俱无、诸恶备具"，如"狗尾续貂""附骨之疽"吗？

程乙本若只针对前后接续做一些修改，就不会只有这么少的掌声，挨这么多的骂名。裕瑞从程本一出版就开骂，曾说："若草草看去，颇似一色笔墨。细考其用意不佳，多杀风景之处……一善俱无、诸恶备具……"裕瑞对妙玉走火入魔、潇湘馆鬼哭等，皆认为大杀风景，他还注意到："写食品处处不遗燕窝，未免俗气。"

张爱玲也非常偏激地说过："《红楼梦》未完还不要紧，坏在狗尾续貂成了附骨之疽……程本《红楼梦》一出，就有许多人说是拙劣的续书……"文笔不佳也不至于被骂成这样，主要是程乙本对全书做了结构性的改变。

甲戌本等抄本尚未被发现前，俞平伯已有《红楼梦辨》一书，就前八十回作者的价值观、文笔、线索等分析，指出程本与原著间有落差，后四十回当非曹雪芹所续。

俞说大致为：

一一九回的回目《中乡魁宝玉却尘缘，沐皇恩贾家延世泽》就大有问题。三十二回时湘云提醒宝玉要讲些仕途经济的学问，宝玉回道："姑娘请别的姊妹屋里坐坐，我这里仔细污了你知经济学问的。"袭人打圆场说宝钗也说过类似话，结果宝玉就咳了一声，拿起脚来走了。接着宝玉还说："林姑娘从来说过这些混帐话，我早和他生分了。"宝玉怎么可能突然转变？

前八十回一再铺陈贾家渐渐干枯衰败，最后落一片白茫茫大地真干净。续书贾家虽被抄，但最后贾政又复袭荣府世职，孙辈兰桂齐芳。宝玉雪地跪别后，竟还有贾政还朝陛见，皇上赏宝玉"文妙真人"的封号。真是……

俞平伯以原著"偶写神仙梦幻，也只略点虚说而止"。但后四十回布满弄鬼装妖的空气，主角个个到处见鬼，妙玉请拐仙扶乩，贾蓉请毛半仙占卦，贾赦请法师拿妖……

更糟的是程乙本为了配合续书，改了前八十回人物的个性，把宝钗的言行扭曲，定调为心机深厚，是与林黛玉争贾宝玉的俗气女子，以符合她配合"调包计"演出。这是不符曹雪芹本旨的。

庚辰本四十二回，回前总批："钗、玉名虽二个，人却一身，此幻笔也……故写是回，使二人合而为一。请看黛玉逝后，宝钗之文字，便知余言不谬矣。"脂批所述后回黛玉是先病逝，宝钗不可能也没机会参与调包计。

曹雪芹笔下钗黛是女性理想与现实的两种面貌，虽作者似较认同黛玉，但宝钗的历练与世故，确是当时社会的价值标准，书中每每并提，若两峰对峙莫能上下。

程本其他恶质的改写更是罄竹难书。张爱玲指出第六回："原文宝玉'强袭人同领警幻所授云雨之事'，程甲本改'强'为'与'，程乙本又改'与'为'强拉'，另加袭人'扭捏了半日'等两句。"确似附骨之疽。

早有些红学家无法忍受程本的质量，奋身校批前八十回，以俞平伯校本、冯其庸校本质量为佳。只是这些校本虽各有所本，多少还是加了校者自己的偏好的，连汪原放晚年回忆都说，他为亚东版按程乙本校对时，忍不住改了许多错字与错排。可以说《红楼梦》每一个版本，都有异同。

小结一下程乙本的功过，确如俞平伯临终前的体悟，程本的安排及悲剧结局，让《红楼梦》在大众世界活了。如果当年亚东版的《红楼梦》充满了考证、版本、脂批，又是只有八十回的未完本，肯定是无法畅销再版的，在大众世界《红楼梦》可能就死了。

元妃的生与死

若元妃如书中所述大宝玉一岁，活了四十三岁，
那贾宝玉住进大观园时快四十岁了！

乾隆五十六年十一月程甲本才印完上市，次年三月就大幅修改印刷程乙本，中间只有短短几个月，除了前八十回改动了一万五千五百三十七字，后四十回也被改了五千九百六十九字，到底是为了什么？迄今红学界没有一致的看法。

有些改动是可以想象的，如石头神话莫名其妙的加字，可能想合理化"因漏页而消失的过场"。也有些是前后不搭的情节，必须被改动，如第二回冷子兴说道："……生了一位小姐，生在大年初一，这就奇了；不想次年又生一位公子……"程乙本改为"过了十几年后……"，因为这样改写，元妃才能省亲时描述与宝玉"其名分虽系姐弟，其情形有如母子"。冯其庸依据庚辰本校《红楼梦》都不得不把"次年"改为"后来"。奇怪的却是，程乙本非常注意原著中年岁不对的瑕疵，连二十二回史湘云一句"林妹妹"都改成"林姐姐"，自己续书时却犯了极大的错误。

第八十六回写元妃生于甲申年，到第九十五回写元妃薨逝于甲寅年时，却写下了"存年四十三岁"这么错得离谱的一句话。

红学家凡略知干支历者都已质疑过，甲申到甲寅之间没有四十三年，元妃应是只活了三十一岁。张爱玲看到续书描述她原以为年轻美丽的贵妃，竟变成了中年胖妇，认为："写她四十三岁死，已经有人指出她三十八岁才立为妃。册立后'圣眷隆重，身体发福'，中风而死，是续书一贯的'杀风景'，却是任何续《红楼梦》的人再也编造不出来的，确是像知道曹家这位福晋的岁数。他是否太熟悉曹家的事，写到这里就像冲口而出，照实写下四十三岁？"

当时曹家相关的资料尚未被大量发掘，张爱玲误认曹家王妃只活了四十三岁。高阳《曹雪芹以元妃影射平郡王福彭考》一文，认为曹家王妃的长子，生于戊子年、死于戊辰年，活了四十一岁的福彭，才是元妃的原型。

程本这个错误确实吊诡，竟然甲、乙两版都没改。虽说只要改成三十一岁即可，却又无法符合活了四十三岁元妃的八字，确实是不太好改，还是故意不改，留给读者来猜。

贾元春最早有曹寅女曹佳氏与其嫡子福彭的影子，作者最后的增删借省亲写南巡，使元妃更似影射康熙，清代将所有用"玄"的字都改为"元"，包括曹雪芹出生地南京的玄武湖。

深明禮義家中雖無甚富貴然本地便也推他為望族了只因這甄士隱稟性恬淡不以功名為念每日只以觀花修竹酌酒吟詩為樂到是

神仙一流人品只是一件不足如今年已半百膝下無兒只有一女乳名英蓮年方三歲一日炎夏永晝士隱於書房閑坐至手倦拋書伏几少憩不覺朦朧睡去夢至一處不辨是何地方忽見那廂來了一僧一道且行且談只聽道人問道你攜了這蠢物意欲何往那僧笑道你放

第三讲　甲戌本

乾隆甲戌脂硯齋重評石頭記

新月

"它那纤弱的一弯分明暗示着,
怀抱着未来的圆满。"
正是甲戌本的写照。

胡适、徐志摩、林徽因等人于民国十二年在北京结社。徐志摩以泰戈尔《新月集》命名此社为新月社,旨意新月"它那纤弱的一弯分明暗示着,怀抱着未来的圆满"。不久聚集由餐会转型为诗社。新月派以新诗闻名,胡适写过:"山风吹乱了窗纸上的松痕,吹不散我心头的人影。"

新月社一度因成员出国及四散而式微,一直到民国十六年春南迁上海,并筹办书店及出版杂志才又继续活跃。刚从美国获得博士学位回国的胡适,接到一封署胡星垣五月二十二日的简短来信:

> 兹启者:敝处有旧藏原抄《脂砚斋批红楼》,惟只存十六回,计四大本。因闻先生最喜《红楼梦》,为此函询,如合尊意,祈示知,当将原书送阅。手此即请适之先生道安。

胡适回忆这段往事:"我以为'重评'的《石头记》大概是没有价值的,所以当时竟没有回信。不久,新月书店的广告出来了,藏书的人把此书送到店里来,转交给我看。我看了一遍,深信此本是海内最古的《石头记》抄本,遂出了重价把此书买了。"此一抄本即后来红学界所称的甲戌本。

甲戌本胡适除曾借给周汝昌近一年外,当时研究《红楼梦》的俞平伯等人都看过,也有些相关文字发表。

新月书局出版书籍上的印记,此一时期欧美正风行 Art Deco(装饰艺术)。

新月社在北平时期的成员,包括林徽因。

1961年5月，台北商务印书馆影印了五百套，再版过两次，目前已有多种印本。

胡适1948年离开北平赴美时，将一百余箱藏书及一万五千件档案文稿全部抛下，随身只带了他父亲诗文清抄本和甲戌本。胡适死后甲戌本存康奈尔大学图书馆，据悉近年由上海博物馆重金购回，现存于上海博物馆。

没有新月书店，可能胡适就买不成甲戌本。如果甲戌本是落入其他藏书者的手中，而不是喜欢考证研究的胡适手中，红学的奥妙就在某个藏书斋中继续沉睡，直到子孙再度出售，或被虫蠹蛀蚀一空。

红学因为甲戌本的新月因缘，的确从纤弱的一弯到满圆。而新月社本身，因大将徐志摩1931年11月坠机身亡，到1933年6月杂志停刊，书店被商务印书馆接收，新月社宣告解散。

想来真如张爱玲《倾城之恋》的名句，白流苏想到"香港的陷落成全了她"；而新月的十年，竟是为了成全甲戌本的登场吗？

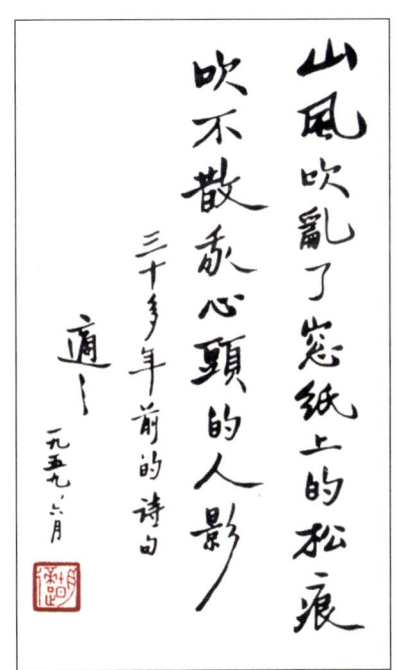

胡适所写新诗，由胡适纪念馆做成书签。

胡适（1891—1962）为哥伦比亚大学哲学博士，在诸多领域都有深入的研究，对新红学考证有引领贡献。

风雅父子

刘位坦、刘铨福父子收藏了无数珍贵的宋版书，
却因鼓担上买来的《石头记》残抄本而留名。

胡适之前，甲戌本曾为刘位坦、刘铨福父子收藏。刘位坦生于1799年前后，道光五年拔贡，咸丰元年由御史任湖南辰州府知府。其子刘铨福字子重，约生于1818年，官至刑部主事。

父子二人都是收藏家，而收藏甲戌本的因缘，潘重规引王秉恩日记："闻此稿仅半部，大兴刘宽夫位坦得之京中打鼓担中，后半部重价购之，不可得矣。"

刘铨福也说过他家所藏《石头记》惜只存八卷。刘家藏书极丰，专为藏书家立诗的叶昌炽，曾在刘家目睹极其珍贵的《月老新书》宋刻本。宋版书不但刻工精，而且版型美、字大如钱，最为藏书家所喜好。他为刘氏父子写诗："河间君子馆砖馆，厂肆孙公园后园。月老新书紫云韵，长歌聊为续梅村。"

甲戌本十三回首盖有一方"砖祖斋"印，源自刘家"君子馆砖馆"藏书处，此命名因刘位坦得到一块来自河间王刘德君子馆的汉砖而得。君子馆是西汉学官，因毛苌讲授《诗经》闻名，齐、鲁、韩、毛四家《诗经》，仅《毛诗》因在学官讲授而得以流传。

刘铨福在甲戌本上共钤八方印，胡适影本所附《春雨楼藏书图》上有"大兴刘铨福家世守印"，其印为同时代名家赵之谦所篆。赵之谦亦刻过"子重""刘铨福"等印，可惜这些名印均未盖在甲戌本上。

刘家宅第曾为明末名士孙承泽宣武门外旧宅，在琉璃厂附近。原孙宅甚大，藏书处称万卷楼，花园林木亭榭且有戏台，当时北京南城鲜有庭园大宅，

甲戌本收藏家刘铨福盖在书上的印章，包括砖祖斋印。

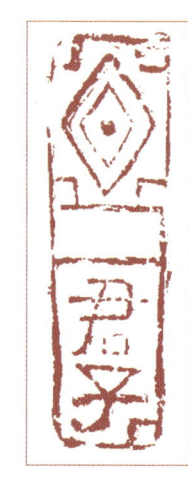

刘家藏书楼称君子馆砖馆，因藏有原河北河间君子馆砖而得名，甲戌本有砖祖斋印即指此。

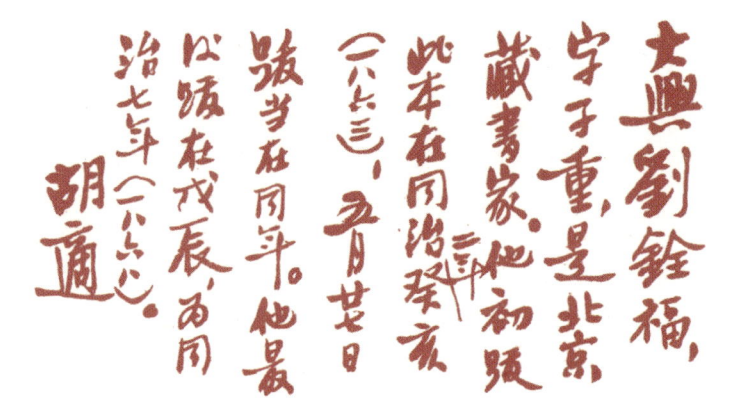

胡适在甲戌本上为刘铨福所做的小注。

后来地名成为孙公园。

同治十年李鸿章用孙宅一部分，建了多达数百房间的安徽会馆。胡适文中提及民国时代，刘家子孙仍守旧宅，只是藏书已星散。

刘位坦怎么也没想到，让他家留名的，既不是君子馆的汉砖，也不是宋版善本，竟是鼓担上买来的《石头记》残抄本。

胡适看甲戌本

胡适对甲戌本的考证，丰富了《红楼梦》的内涵，更开启了红学研究的新纪元。

刘铨福与一般藏书家一样，他在甲戌本上钤印题跋，并将抄本与好友共赏，其友人孙桐生就以墨笔加了三十多条批注。孙批略以："贾政为明珠，则宝玉为纳兰容若。"虽他曾在湖南刻《红楼梦》，但见解平平。

胡适以重金购得甲戌本后深入研究，确实与过去的藏书者不同。第一回甲戌本独有石头与僧道的对话，他以墨笔加注："此下四百二十四字，戚本作'席地而坐，长谈，见'七个字。"他并无推测为何少了这四百多个字。

"至脂砚斋甲戌抄阅再评仍用石头记"这一句下，胡适注："以下十五字，戚本无。"当时他据以命名此残抄本为《乾隆甲戌脂砚斋重评石头记》，红学界称甲戌本。

干支纪年甲戌是乾隆十九年，但抄本上有评语署年甲戌后，可见此本并非原本，而是以原本为底本的过录本，因此才会陆续加上甲戌年后的评语。

甲戌本虽只残存了不全然连续的十六回，其中第四回末还缺下半页、第十三回上半页缺左下角，却仍有不少宝贵的信息。胡适得到甲戌本后不久，发表《考证〈红楼梦〉的新材料》长文，指出：甲戌本子是世间最古的《红楼梦》写本，可以考知最初稿本的状态。其第一回前《凡例》及"字字看来皆是血，十年辛苦不寻常"诗句，都是其他各本所无。批注中还有极重要的资料，包括曹雪芹卒于壬午年、第十三回回目原为《秦可卿淫丧天香楼》及其他一些批语，不但透露了作者原构思的结局，也证明与现存四十回不同，胡适认为此为后续四十回中，并无雪芹原残稿本的根据。

胡适考红过程中也有不少错误，因甲戌本缺回，最早他以为曹雪芹是跳着回数写《红楼梦》的。一直到他去世前，胡适仍认为到乾隆甲戌年止，定稿的《红楼梦》只有这十六回，其余八十回都是未定稿或待改写。

甲戌本的发现与胡适的考证，促使其他珍贵抄本如庚辰本、己卯本渐次现身，丰富了《红楼梦》的内涵，更开启了红学研究的新纪元。

三大抄本：
甲戌本、己卯本、庚辰本

研究《红楼梦》抄本始于胡适取得甲戌本后，甲戌本及陆续出现的己卯本与庚辰本，并列为最重要的三大抄本。虽然这些抄本只是原抄本的过录本，还可能加了过录当时的新批，在原抄本或曹雪芹的原稿未被发现前，这些抄本仍是重要的信息。三个抄本的完整程度差异极大：甲戌本仅存十六回；庚辰本虽存有七十八回，但缺六十四及六十七两回；己卯本最复杂，是不全然完整的四十三回。

这些名称来自书中字句，己卯本因第三卷目录书名下注"己卯冬月定本"得名，庚辰本则因第五至第八册目录书名下注"庚辰秋月定本"得名。曾有红学家反对如此命名，但愈改愈复杂，却也找不出更妥当的方式，目前仍以此三个名称最通用。

甲戌、己卯、庚辰分别代表乾隆十九、二十四、二十五年这三年，若如甲戌本第一回脂批曹雪芹逝于乾隆二十七年壬午为确，壬午年为庚辰后的两年，经由这些前后相关年代，可一窥成书的过程。

冯其庸认为己卯冬月，第三十一至四十回已确定，而次年庚辰秋月四十到八十回完成，作者去世前亦不曾再就故事的结构增删。如果此一推论接近事实，甲戌本缺九到十二这四回，当系改完天香楼事，尚未改此四回而缺回。而庚辰秋到曹雪芹去世两年多的时间中，作者极可能回头改写此四回，为第十三回秦可卿病死补陈一些病情。

甲戌本虽只残存十六回，却是回回都有批注。朱淡文《红楼梦论源》中统计其数量多达一千六百余条。这些批注虽不全然出自脂砚斋，但脂砚斋批的数量最多。己卯本只有以双行小字夹写在正文下的为数不多的夹批。庚辰本虽存七十八回，共两千余条批语，每回平均远不及甲戌本。

甲戌本大量的脂批，成为研究《红楼梦》不可缺少的信息。更由于庚辰本第一至十一回内全无批注，使甲戌本这几回的批注更为珍贵。甲戌本第一至五回，极可能是《红楼梦》第五次的增删后定调的全书纲目。其中第一回甄士隐诠释《好了歌》的一段文字，及第五回十二金钗的谶诗，都被认为暗示了全书未来的结局。

抄本迄今已发现约十种，除三大抄本外，较重要的还有甲辰本、舒序本、戚序本、杨藏本、列藏本、王府本及郑藏本。

胡适发现甲戌本第一回，比当时流传的有正本多出四百二十四个字，他写下墨笔批注，并未推测原因。

甲戌本上独有的凡例。　　　　　　　　　　　己卯本关键的第三卷目录。　　　　　　　　　署己卯冬评语的庚辰本。

甲戌本凡例

凡例是书前一段说明著作内容及编纂体例的文字。

《红楼梦》仅甲戌本留存凡例列为卷一，共四百余字两页半。凡例首面原钤"刘铨福子重印""子重"及"髣眉"三印。

第一则凡例提及《红楼梦》书名极多，并指出各书名在书中都有点睛说明之处。

第二则主要说明只写"长安、中京"，而避写东、南、西、北。

第三、四则的立意与前则同，说明"此书只是着意于闺中""此书不敢干涉朝政"。至于第五则似作者自叙，庚辰本等将其纳入第一回内文。

胡适认为此凡例是曹雪芹所写，书中写的是北京，而他心里要写的是金陵：金陵是事实所在，而北京只是文学的背景。胡适认为贾元春本无其人，省亲也无其事，大观园也不过是雪芹秦淮残梦的一境而已。

冯其庸则认为凡例是乾隆末年程甲本排印前抄录者自拟，一至四则缺少贯串思想，似拼凑成文，且文字和内容上不断反复。至于第五则，与庚辰本第一回前文字比较，两者虽几乎相同，但以庚辰本文字较优。

甲戌本第五则后还有一首其他各本均无的七言律诗：

> 浮生着甚苦奔忙，盛席华筵终散场。
> 悲喜千般同幻渺，古今一梦尽荒唐。
> 谩言红袖啼痕重，更有情痴抱恨长。
> 字字看来皆是血，十年辛苦不寻常！

这首诗时时被提起，尤其是结尾两句，胡适名以"甲戌本曹雪芹自题诗"写在页首。但冯大师却不欣赏此诗，他认为水平差第一回另一首诗甚多：

> 满纸荒唐言，一把辛酸泪。
> 都云作者痴，谁解其中味？

两首诗的优劣是否立见？

至于第五则凡例，内容应是全书前言，而不是不全然榫接第一回的前文。这段文字是作者说明自己的人生及为何会撰写此书的历程，对研读《红楼梦》非常重要。其中较为重要的几段文字为：

> 今风尘碌碌，一事无成。忽念及当日所有之女子，一一细推了去，觉其行止见识皆出于我之上；何堂堂之须眉，诚不若彼一干裙钗？实愧则有余、悔则无益之大无可奈何之日也！当此时，则自欲将已往所赖——上赖天恩，下承祖德，锦衣纨绔之时，饫甘餍美之日，背父母教育之恩、负师兄规训之德，已致今日一事无成、半生潦倒之罪，编述一记，以告普天下人……虽今日之茅椽蓬牖、瓦灶绳床，其风晨月夕，阶柳庭花，亦未有伤于我之襟怀笔墨者。

作者写书时应已有一定的年岁，但一事无成。写书的原因是想起当日的一些女子，她们的行止见识不让须眉，让作者非常愧悔。作者家世是承祖荫皇恩的辉煌过去，在潦倒的后半生，写了这本似是忏悔录的书。与曹雪芹友人描述他晚年的生活"举家食粥酒常赊"相符。

书中第十九回描写，宝玉元宵后突然到回家吃年茶的袭人家，袭人觉得家中无可吃之物来招待宝玉，有脂批："以此一句，留与下部后数十回'寒冬噎酸齑，雪夜围破毡'等处对看，可为后生过分之戒……"作者安排宝玉的结局，晚年是生活在贫困的环境中，认为这样前后极端的对比，有醒世的作用。

作者在极困苦的生活环境中，一样没有影响到他写作的壮志胸襟。曹雪芹确实到病逝前，仍不懈地增删改写，力求完美。

甲戌本第一回《好了歌》，甄士隱的《好了歌注》及脂批，是全書結局的預告。

甄士隐释《好了歌》

全书唯一未被骂的，
只有反映了作者后半生潦倒的甄士隐一人。
"因嫌纱帽小，致使锁枷扛"，说的似是曹頫。

凡例中作者自述"茅椽蓬牖、瓦灶绳床"后半生的潦倒，这样的心境真实深刻地反映在只出场了一回的甄士隐身上。

第一回一开始，士隐历经了女儿被拐，房舍被烧，寄居岳父家不但钱被骗光，还要每日被嫌，"上年惊唬，急忿怨痛已伤，暮年之人，贫病交攻，竟渐渐的露出那下世的光景来"。

甄士隐在这样的心境中，再次遇到曾与他在梦中相见过的跛足疯道，口中念着有名的《好了歌》，士隐听出些"好了、好了"，道士夸他："你若果听见'好了'二字，还算你明白。可知世上万般，好便是了，了便是好。若不了，便不好；若要好，须是了。"

士隐本是有宿慧的，一闻此言心中早已彻悟，笑道："且住！待我将你这《好了歌》解注出来何如？"疯跛道人听了他所释，拍掌笑道："解得切！解得切！"士隐便笑一声："走罢！"竟不回家，同了疯道人飘飘而去。

这段甄士隐的释文可算是全书总纲：

陋室空堂，当年笏满床。宁荣未有之先
衰草枯杨，曾为歌舞场。宁荣既败之后
蛛丝儿结满雕梁，潇湘馆紫芸轩等处
绿纱今又糊在蓬窗上。雨村等一干新荣暴发之家
说什么脂正浓、粉正香，宝钗湘云一干人
如何两鬓又成霜？黛玉晴雯一干人
昨日黄土陇头送白骨，今宵红灯帐底卧鸳鸯。熙凤一干人
金满箱，银满箱，展眼乞丐人皆谤。甄玉贾玉一干人
正叹他人命不长，那知自己归来丧！言父母死后之日
训有方，保不定日后作强梁。柳湘莲一干人
择膏粱，谁承望流落在烟花巷！
因嫌纱帽小，致使锁枷扛。贾赦雨村一干人
昨怜破袄寒，今嫌紫蟒长。贾兰贾菌一干人
乱烘烘你方唱罢我登场，总收
反认他乡是故乡。太虚幻境青埂峰一并结住
甚荒唐，语虽旧句用于此妥极是极
到头来都是为他人作嫁衣裳！苟能如此便能了得

甄士隐随道人去后，再也没有重新登场。

甲戌本第五回十二金钗谶诗上脂批的冷淡，似是批书者只觉得这些谶语类似《推背图》，但并未透露内涵。

甲戌本揭露天香楼事的第十三回。

脂批中罕见的冷淡

脂砚斋不喜欢《金陵十二钗》的书名，
对描述这些女子未来的诗、画、曲，亦反应冷淡，
甲戌再评又把书名改回《石头记》。

甲戌本虽仅存十六回，却有一千六百余条脂批，平均每回有近百条批语。十二金钗册页登场的第五回，虽有一百三十七条脂批，但对预测这些重要女性命运籍册的画、诗、曲等，脂批却呈现了罕见的冷淡。

脂砚斋重评此书时，发现在新增删的第五回中，十二金钗的人选有了重大改变。根据俞平伯研究，贾元春、妙玉、贾巧姐及秦可卿替换了薛宝琴、邢岫烟、李纹及李绮。下场的四人是绮年玉貌大才女，上场的竟有婴儿，这个改变是有点莫名其妙。

换上大观园创立的核心人物贾元春不说，但妙玉是出家人，只占了全书一千多字的篇幅，巧姐不但是个婴儿，而且没有被写到任何重要甚而是不重要的故事篇幅中，而秦可卿早早去世——凭什么换成这十二个人？为何以现在这样的顺序出场？排序的背后又有何深层意义？较之其他各回中，脂砚斋一贯权威似深知全书内幕式的评语，这次一个字都没提示。

脂砚斋除评批冷淡外，评句更是出奇地简短。最重要的女主角钗黛二人的合诗，脂批对两人只有"此句薛"及"此句林"各三字，并告知读者后两句诗"玉带林中挂，金簪雪里埋"的"寓意深远皆非生其地之意"。

全书第一大谜，王熙凤判词的"一从二令三人木"句，迄今想解此谜的讨论文章已超过几万字，脂批仅有"拆字法"三字。对其他重要的画、诗、曲，也只有"显极"及三个"好句"的批语，这些批语实在不够到位，说了好似没说什么。

极可能脂砚斋也弄不清楚，新增删完成的第五回中，作者辗转用力地描绘及暗示十二金钗，甚而改以《金陵十二钗》为书名，究竟想表达什么。脂砚与作者的想法显见还未充分沟通，导致他在甲戌年再评了《金陵十二钗》，把书名改回了最早的《石头记》。

甲戌本在这些神秘的画、诗、曲上，有一条奇怪的眉批："世之好事者争传《推背图》之说，想前人断不肯煽惑愚迷。即有此说亦非常人供谈之物。此回悉借其法，为众女子数运之机，无可以供茶酒之物，亦无干涉政事，真奇想奇笔。"

姑不论这条眉批的批者是否是脂砚，这个批书人似看出了此回悉借《推背图》的写法，而愈是想撇清绝不涉政治，当然极可能就愈是暗藏了玄机。

第五回十二金钗谶诗林黛玉及薛宝钗合一诗图，又共享两首红楼梦曲，显示作者并无左钗右黛的偏见。两图均为改琦所绘。

天香楼事

曹雪芹奉命增删改写天香楼事时，
恐怕没想到会成为两百多年后，
红学最大的争议之一。

甲戌本没有出现前，许多人都看不懂秦可卿的死亡事件。第十到十三回间，明明写她是重病而死的，为何第五回十二金钗正册中画的却是"有一美人悬梁自缢"呢？

她的诗及曲也一样可疑，作者以孝顺、慈爱、和睦形容家人眼中的她，诗以"情既相逢必主淫"之句，曲更没一句好话："擅风情秉月貌，便是败家的根本。箕裘颓堕皆从敬，家事消亡首罪宁。宿孽总因情。"

1922年俞平伯写了《论秦可卿之死》一文，他归纳书中一些证据，认为秦可卿可能与公公贾珍私通，被丫鬟撞见后羞愤自缢而死。他以为第十三回形容死讯传出："彼时合家皆知，无不纳罕，都有些疑心。"后事已备久病之人，其死乃在意中，有何闷可纳？又有何疑？加上秦氏死后的种种不合理的光景，如宝玉听到秦氏死讯，竟然直喷出一口血来。婆婆尤氏犯胃痛旧疾睡在床上，公公贾珍之哀毁逾恒如丧考妣，备办丧礼之隆重奢华违反常理。而秦可卿的丈夫贾蓉似没事人，在丧礼上几乎没有露面。另外，丫鬟瑞珠触柱而亡，另一丫鬟宝珠成为义女为可卿披麻戴孝，却留铁槛寺守灵不再回家，无处不令人生疑。

甲戌本的出现，解了天香楼事的大谜。"无不纳罕，都有些疑心"句上有脂批："九个字写尽天香楼事，是不写之写。"回末脂批："秦可卿淫丧天香楼，作者用史笔也。老朽因……姑赦之，因命芹溪删去。"俞平伯推测《秦可卿淫丧天香楼》极可能是原来第十三回的回目，所删去的四五页内容，大致应如他所猜测。

近年来，小说家刘心武别出心裁，以秦可卿为康熙废太子胤礽之女，为曹家（即书中的贾家）所收养，并卷入了其兄弘皙反对乾隆的事变，自创所谓"秦学"引发争议。因其著作《红楼望月》等极为畅销，使得《红楼梦》一书又一次成为大众关心的话题。而原本即红楼争议人物的秦可卿，引起了更大的争议，这恐怕也是曹雪芹在增删改写天香楼事时，无法预料到的后果。

秦可卿位居十二金钗之末，并在第十三回去世，却是近代引起甚大争议的红楼人物。

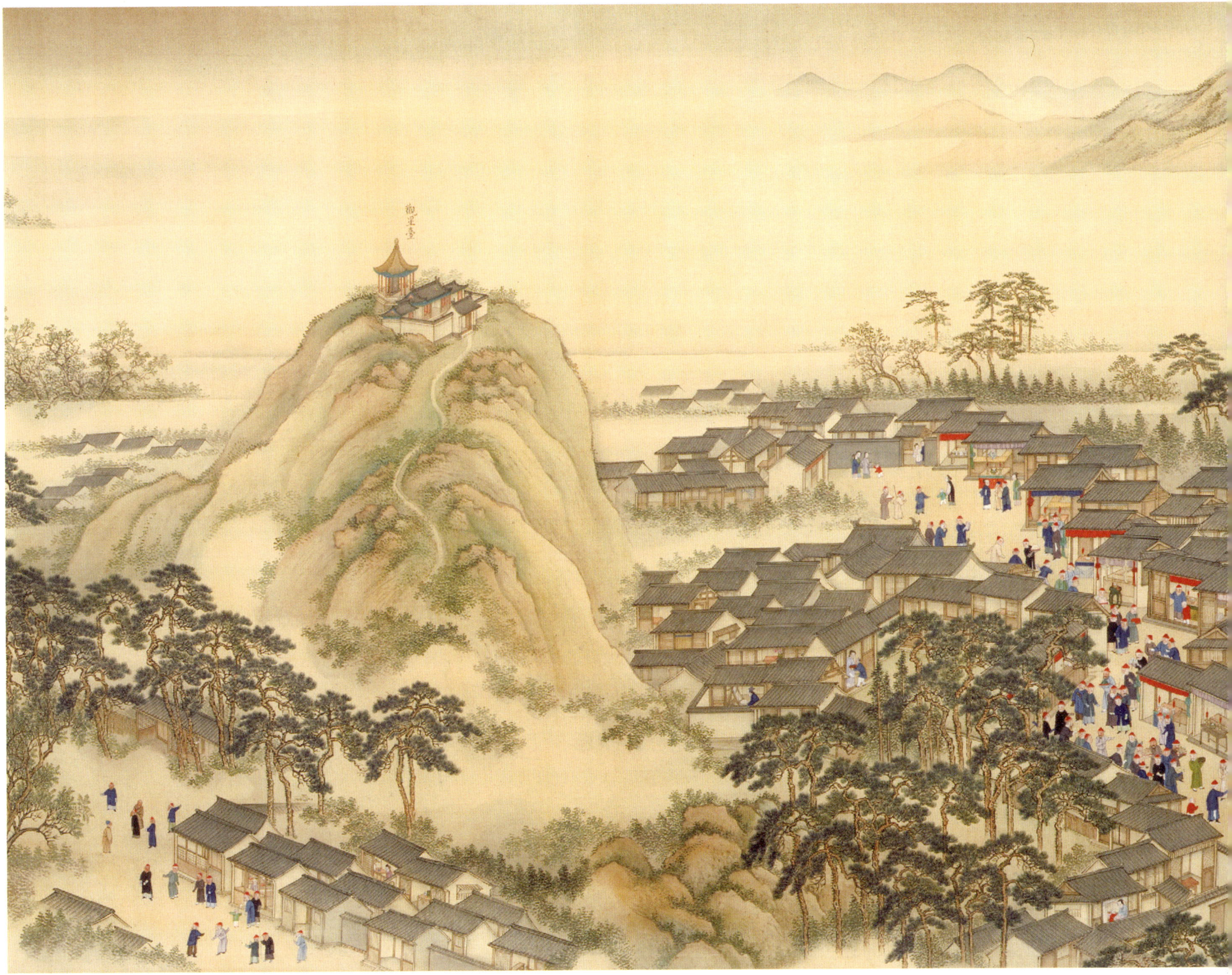

建于1358年的鸡鸣山观星台,康熙第二次南巡时,于二月二十八日酉时前往,观看老人星。

第四讲　石头

《红楼梦》最早的名称是《石头记》，既是以石头为名，石头的含义是重要的。书中石头有多层的象征意义，可以是无缘补天的采石美玉，也可以是曹家六十年荣华富贵所系的南京。

石头是否是神瑛？有些版本石头就是神瑛，转世成为贾宝玉。

甲戌本第一回多出两页，说明石头是被夹带与神瑛、绛珠一起投胎，石头不是神瑛，这样似较符合书中多次石头的自白。脂批亦指出这是特意借石头未见，隐去一二件事，全书才不平淡，是云烟之中的无限丘壑。

十五回送秦可卿灵到铁槛寺，王熙凤怕通灵玉失落将石头收到她枕边。读者期待贾宝玉找秦钟算账的好戏，竟被石头一句"宝玉不知与秦钟算何账目，未见真切，未曾记得，此系疑案，不敢纂创"轻轻带过。

作者想隐藏之事是有选择性的，这样会给读者更多想象的空间，只是下一回秦钟也死了，这些玄虚更是无从知晓，这些事件可能正是《石头记》的真髓。

石头是旁观者，也是叙事者，在书中是全知的。所有石头之谜中的谜中之谜就是脂砚斋，砚由石见两字组合，脂砚斋是夹在宝玉与众主角间的石头吗？

石头的另一个象征是石头城南京，南京最早的名称是金陵，书中女子的籍册写的就是金陵十二钗。历史上有十朝建都于此，只是偏安南方的朝廷，面对北方强大的军力免不了多灾多难及生命短暂。

石头城中的文采斑斓，从王羲之、陶渊明到李后主，曹雪芹可与他们相提并论。

《石头记》的书名最后仍被《红楼梦》取代。有人界定脂批八十回的手抄本为《石头记》，而一百二十回的称《红楼梦》，其实这样区分也不对，因为《红楼梦》也是很早的书名。我们只能说《红楼梦》就是《石头记》，《石头记》就是《红楼梦》。

三生石

"三生石上旧精魂"的传说吸引了苏东坡，也吸引了曹雪芹，所谓"记忆不灭、转世不息、万法之源，厥为情牵不断……"

《石头记》是这样开始的：

> 只因西方灵河岸上，三生石畔，有绛珠草一株。时有赤瑕宫神瑛侍者，日以甘露灌溉，这绛珠草便得久延岁月……终日游于离恨天外。饥则食蜜青果为膳，渴则饮灌愁海水为汤。只因尚未酬报灌溉之德，故其五内便郁结着一段缠绵不尽之意……他既下世为人，我也去下世为人，但把我一生所有的眼泪还他，也偿还得过他了。

甲戌本这段的脂批密密麻麻，三生石三字有"妙！所谓'三生石上旧精魂'也"。所谓"三生石上旧精魂"是引用苏轼所写《僧圆泽传》一文中的诗句，说的是前世今生的故事。唐袁郊《甘泽谣》之五《圆观》篇，叙述唐人李源与僧圆观为好友，两人过瞿塘时遇到一位久不临盆的妇人，圆观即知自己将逝且转世为妇人之子，死前与李源相约，十二年后在杭州天竺寺再见。

苏轼非常喜欢这个故事而进行了改写，将圆观的名字改为圆泽，十二年后相见改为十三年。中秋夜李源在天竺寺见到向他唱《竹枝词》的牧童，将此事记在杭州天竺寺的三生石上，成为中国最动人心弦的传奇故事之一。

牧童所歌《竹枝词》当然实为苏大学士所代拟：

瞿塘与夔门。

长江三峡之一的瞿塘峡。

三生石上旧精魂，赏月吟风不要论。
惭愧情人远相访，此身虽异性长存。

身前身后事茫茫，欲话因缘恐断肠。
吴越溪山寻已遍，却回烟棹上瞿塘。

《石头记》是曹雪芹又一次的改写前世今生，转世历劫后的石头，也在石上记下这段悲欢离合炎凉世态的故事，后有一偈呼应"三生石"上：

无材可去补苍天，枉入红尘若许年。
此系身前身后事，倩谁记去作奇传？

这诗亦脱胎自苏轼的《竹枝词》，曹雪芹对记忆转世之谜的想象，如余国藩《重读石头记》所述，认为佛家以追求业障的消除与轮回的终止为目的，以跳出记忆与感情轮转的恶网为依归，引用与他同为芝加哥大学教授、研究印度宗教的学者奥弗莱厄蒂（O'Flaherty）著作中对天竺佛法的诠释："记忆不灭、转世不息、万法之源，厥为情牵不断……业力推演肇乎情，转世重生亦始乎此。"

巫峡石

曹寅诗有"娲皇采炼古所遗，
廉角磨硪用不得"之句，
是否就是《红楼梦》补天神话的根源？

巫峡与瞿塘峡、西陵峡并列长江三峡，自东晋就有描述三峡奇景的文字，其中最为有名的是唐李白诗句："两岸猿声啼不住，轻舟已过万重山。"

巫峡巫山均以"巫"为名，是因为这一带自古称巫载国，这里孕育了许多神话，以宋玉所作《高唐赋》与《神女赋》最有名。

曹寅在康熙五十一年，编辑且刻印其诗作《楝亭诗钞》八卷，卷八有《巫峡石歌》长诗。曹寅写此诗是看到朋友囊中藏有一片巫峡石，这块石头色泽黝黑、斑纹灿烂、棱角殃手，让曹寅联想到在云气萧森的巫山巫峡中，这块石头是不是生得太过不圆融，或许它原不属于巫峡，是女娲补天炼彩石时，因形貌不佳而不得补天。诗中有：

……娲皇采炼古所遗，廉角磨硪用不得……风煦日暴几千载……顽而矿……

《巫峡石歌》写于曹寅去世前数月的康熙五十年三月，曹寅赴扬州兼盐漕察院职，此一时期曹頫随曹寅居住。不久曹頫返京当差。这首《巫峡石歌》成诗的过程，曹頫应有所悉或见过巫峡石，不论曹雪芹究竟是他儿子还是侄子，都不可能没有读过这首诗。

朱淡文以为，巫峡石是《石头记》中被女娲弃置、无才补天顽石的原型。巫山神女传说是炎帝季女瑶姬，她未嫁就死了，封神于巫山之台，曹雪芹所创的绛珠仙子似是瑶姬的化身，林黛玉与未嫁而亡的瑶姬命运亦同。

巫峡神女峰。

巫峡石因生得廉角磨硪，未能入补天之选无可埋怨，而《石头记》中的石头，与其他三万六千五百块石头生得一模一样，纯粹因命运造化而不得补天，是更深一层的伤痛。

三生石畔的神瑛侍者是否就是未补天的顽石，是作者留下的只能意会不能言传的神秘。瞿塘峡是李源与圆泽相识处，而巫峡是巫峡石与瑶姬栖身之地，曹雪芹将女娲未及补天的巫峡石、巫山瑶姬化身为绛珠仙草，加上还泪说，再与三生石诗中瞿塘峡无懈可击地结合在一起，写成旷世的小说。

姑苏？金陵？

《红楼梦》的内容，
表面看上去是京城，实际上是金陵，
作者还要把姑苏写进来，混淆视听。

石头上的故事是这样开始的：

当日地陷东南，这东南一隅有处曰姑苏，有城曰阊门……（是金陵）

姑苏就是苏州，古称吴门、吴都、平江，可远溯到商朝末年太伯奔吴，建吴国，设都吴城。约在公元前514年，吴王阖闾命伍了胥在此筑城，公元前473年，吴为越国所灭，此地成为越国都城，后越为楚所灭。

隋文帝开皇九年时此城始定名为苏州。而其别称姑苏，源自大禹封功臣胥于此地，而先有姑胥古名，再演变为姑苏。

阊门在清朝时是水陆城门，门外有吊桥，门内就是阊门大街，乾隆年间的名画《姑苏繁华图》画出了当时阊门至枫桥的十里长街盛况，证实曹雪芹所书此时阊门，最是红尘中一二等富贵风流之地。

曹寅曾担任短时间的苏州织造，后来由李煦接任。李煦在此职位上一直做到被雍正抄家前，长达三十年。苏州李家与《红楼梦》渊源深远，除了曹李两家共同接驾外，曹寅、曹颙相继亡故后，曹頫得以过继及接任江宁织造，都仰赖李煦的奏请安排。

红学家曾分析书中有不少地方使用吴语，推测作者会说苏州话，或与苏州有些渊源。主角林黛玉是苏州人；甄英莲住在阊门外十里街仁清巷，当然

苏州旧称姑苏，《红楼梦》述说的究竟是姑苏的还是金陵的旧事？

也是苏州人；还有十二金钗的妙玉及邢岫烟都是姑苏人。

但甲戌本在第一回开卷"姑苏"两字旁，却有脂批"是金陵"三字，到第五回不论林黛玉、妙玉及改名后的香菱，又都列在太虚幻境内金陵十二钗的籍册中，属金陵人士。她们到底是苏州人，还是南京人？

许多红学家都认为曹雪芹写的内容，表面看上去是京城或姑苏，实际上是金陵。书中如"炊水"与"台几"都是南京话，红学家严中亦考证出江宁曹家周边确有不少景观被写入荣国府四周，书中不时提到"南京来的人"或"要回南京去"等。

金陵是南京的古名，越国在公元前333年为楚国所灭后，楚国在此筑城，当时钟山的名称是金陵山，城即以金陵为名。筑城地点据考在今天南京清凉山一带，也有的说在四面山一带。

秦国灭楚后改金陵邑为秣陵县，一直到东吴孙权建都时改称建业，后来又改为建康。而石头城的名称，是孙权筑城后才有的。

水西门正式名称是三山门，面临秦淮河，为旧日从水路进出南京城的主要孔道，亦为城西最重要的一座城门。

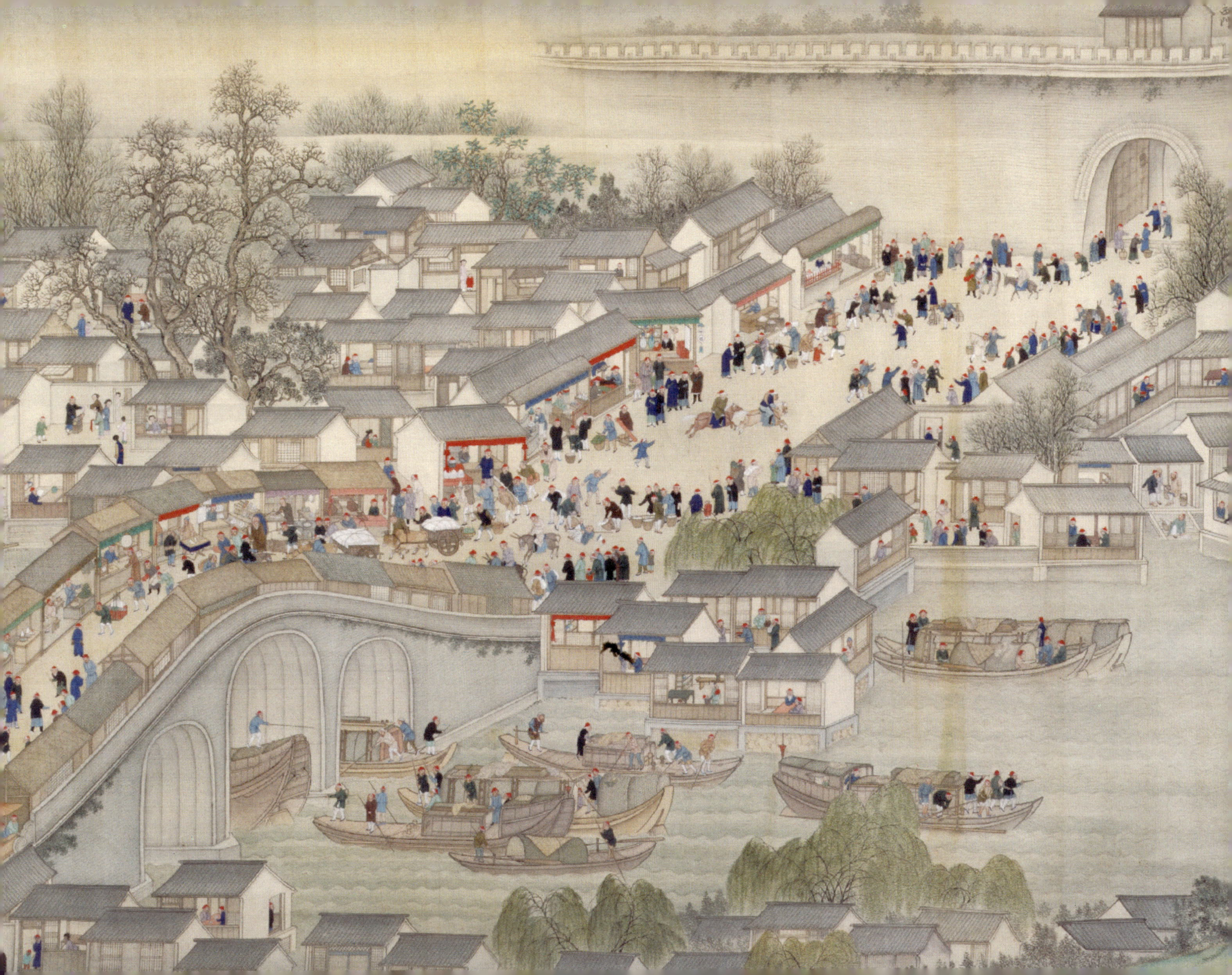

金陵为六朝古都，今玄武湖侧台城一带，即为六朝城址。

石头城

诸葛亮认为金陵城：

"钟山龙蟠、石头虎踞，帝王之宅也。"

《红楼梦》第二回中贾雨村说了一段话："……去岁我到金陵地界，因欲游览六朝遗迹，那日进了石头城，从他老宅门前经过。街东是宁国府，街西是荣国府，二宅相连，竟将大半条街占了。大门前虽冷落无人，隔着围墙一望，里面厅殿楼阁，也还都峥嵘轩峻；就是后一带花园子里，树木山石也都还有葳蕤润润之气……"

石头城，侧有脂批"点睛神妙"四字，后一带侧有"'后'字何不直用'西'字"及"恐先生堕泪，故不敢用'西'字"一问一答的十九个字。过去红学家非常重视这段话及其脂批，认为作者将故事写的似发生在帝都，实际是写金陵，也就是曹家三代四世住了近六十年的江宁南京。

孙权将都城迁到建业，据说是采纳诸葛亮的建议，因诸葛亮夸赞此地是"龙蟠""虎踞"的石头城，促使公元 211 年赤壁战胜后，孙权在旧秣陵城基上依山傍江修筑了一座周长约三千米的军事要塞，即著名的石头城。南京自此别称石头城。而"点睛神妙"四字是否一语双关，指出在石头城中所发生的故事称《石头记》？

东吴及之后的东晋、宋、齐、梁、陈——历史上称为六朝——相继建都建康，其中连续有两百七十三年为东晋及南朝都城。虽是偏安南方的衰微朝廷，但其文化发展却十分灿烂，东晋的顾恺之、王羲之及陶渊明，在绘画、书法及文学上的成就，迄今无人能超越。

梁武帝在位四十八年，此时建康已是百万人口的繁华都城，他笃信佛教而

石头城上的石头，有多种形式的文字记录。

朱元璋（1328—1398）于 1368 年定都南京，并在六朝残址上新筑城墙，从朱棣（1360—1424）迁都北京迄今，南京仍保存了城墙的三分之二。

致有"南朝四百八十寺"的规模。侯景之乱时他被饿死在台城，再九年又传了五位君主后梁国灭亡。继任的陈国更是荒腐，只传了五位皇帝共三十二年，亡于陈后主。

隋文帝入建康将所有宫室建筑全部铲平后，大军扬长北返，六朝金粉就此烟消云散。贾雨村到金陵当是看不到什么真的六朝遗迹了。看到六朝同时日本在奈良仿建的法隆寺，才知道我们损失的文化资产有多么惨重。唯一仅存的就是天然石山、上砌条石与砖组成的石头城，融合了六朝城迹与明城墙。

这段城墙仍完整保存，康熙南巡图中所见画面与现今近似，原峭立江中看似城墙的天然石壁，现河岸淤积开辟成公园。著名的景观是石壁上浮出的鬼脸，系自然风化形成。

南京城现存的城墙，都属明朝时所建。朱元璋传嫡的传统，使他的儿子朱棣借口"靖难"，夺走朱元璋长孙孝文帝的江山。朱棣迁都北京，并在北京建筑与南京一模一样的皇城，南京封给他的皇子汉王朱高煦。汉王府在皇城侧，到清朝成了两江总督衙门。

两江总督衙门南侧是江宁织造署，因康熙及乾隆南巡驻跸，乾隆时改为行宫，这个大行宫地区与明皇城正是一东一西，如贾雨村所说："街东是宁国府，街西是荣国府，二宅相连，竟将大半条街占了。"

清凉山侧清凉门一带，沿着天然石壁筑城而有石头城之称。
石城门原为南唐（937—975）京城的大西门。

石头城一带天然石壁风化的鬼脸。

西园、煦园

煦园是否是西园，因几经战火已不可考。

红学家陈庆浩考证曹寅偏好西字：西园中有西池、西亭，家中有名西堂的书斋，自称是西堂扫花行者，担任巡盐御史之院内有西轩，曹寅词集名《西农》，诗集《荔轩集》又名《西轩集》。

全书不仅是第二回的脂批提到"西"字，多回《红楼梦》中都显示"西"对曹家是一个感伤的字。

厅殿楼阁峥嵘轩峻与树木山石蓊蔚洇润，应是形容曹家在南京的深宅大院。推测这座宅第即康熙南巡驻跸所在的江宁织造署，乾隆南巡亦驻跸于此，到乾隆十六年时此处改为行宫，江宁织造的办公处所另迁他处。

过去的地图缺乏比例及坐标，考证曹家时代的江宁织造署，大抵是在现在南京大行宫地区，碑亭巷与利济巷间，约在民国时代的总统府南边。

总统府的前身在清代系两江总督衙门，太平天国时一度是天王府，现为观光名胜。其西侧有花园名煦园，此园亦别称西园，与织造署内的西园位置非常接近，目前资料显示两者并非指同一花园。

明永乐帝迁都北京后，南京封给二皇子朱高煦，此园原为王府的旧庭，承接自朱元璋封给对手陈友谅之子的府第，朱高煦以其名"煦"字为园命名。

尹继善于乾隆十一年任两江总督时，除将大行宫增修改建外，还在煦园水池边建青石舟舫，乾隆南巡时给该处题"不系舟"匾额。

园中水池与石舫在乾隆年间即存，其余建筑均已毁于太平天国战火，现有建筑物大都为曾国藩在同治年间重建。

总统府内煦园为明代即存之庭园，石舫在乾隆年间即存在。煦园与江宁织造署极近，或许两者即在同一区域内。

民国时期南京总统府在清朝曾为太平天国（1851—1864）的天王府，为洪秀全拆原两江总督衙门、江宁织造署改建。曾国藩（1811—1872）歼灭太平天国后重建为两江总督衙门，江宁织造署则不再位于此处。

甄家

不都是为争帝位，

而骨肉相残、血泪交织的"噩梦"吗？

哪分什么真假！

《红楼梦》有两个甄家，一个是只出现在第一回的甄士隐家，另一个是在书中隐隐约约提到的南京的甄家。

书中元妃省亲点戏章节的脂批，说明所点之戏乃通部之大过节、大关键，第三出《仙缘》为《邯郸梦》中一折，是"伏甄宝玉送玉"之事。书中提到甄家曾风光地接驾四次，作者似曾想将南京的甄家与北京的贾家作为真实与虚幻的对比。

后来作者可能意识到，有个与贾宝玉一模一样的甄宝玉确实不是一个很好的构想，于是淡化甄宝玉，删去"甄宝玉送玉"，只留下曹家在南京真的发生过的大事，如接驾四次、被抄家前被疑曾寄遁财物及送礼大手笔等，使今本《红楼梦》甄宝玉只在梦中出现，根本没有甄宝玉送玉的情节。

作者最后一次大规模增删时，在第一回创造了另一个在苏州的甄士隐家，同一时期完成的第二回，也明写出贾家的老宅位于金陵，是否企图删去原先南京的甄家，因全书尚未完成作者已逝，我们只能猜测。

南京与北京确有两座可说是形制相似的大宅，即南京的明故宫与北京的紫禁城，后者主要建筑物都是永乐帝仿明故宫所建。常年研究南京的红学家严中认为，书中描述的宁国府形式与明故宫接近，相对地理位置上，荣国府刚好是江宁织造署。

吊诡的是，北京的紫禁城真正是一座大的红楼，不论洪武末年到永乐初年间发生在南京明故宫中的故事，还是康熙末年到雍正年间发生在北京紫禁城的故事，不都是为争帝位，而骨肉相残、血泪交织的"噩梦"吗？哪分什么真假！

南直召祸

雍正五年十二月二十四日

奉旨：江宁织造曹頫，行为不端，织造款项亏空甚多。朕屡次施恩宽限，令其赔补。伊倘感激朕成全之恩，理应尽心效力，然伊不但不感恩图报，反而将家中财物暗移他处，企图隐蔽，有违朕恩，甚属可恶！
着行文江南总督范时绎，将曹頫家中财物，固封看守，并将重要家人，立即严拿；家人之财产，亦着固封看守，俟新任织造官员绥赫德到彼之后办理。
伊闻知织造官员易人时，说不定要暗派家人到江南送信，转移家财。
倘有差遣之人到彼处，着范时绎严拿，审问该人前去的缘故，不得怠忽！钦此。

《红楼梦》第一回写葫芦庙失火，殃及邻边的甄士隐家，于是接二连三、牵五挂四，将一条街烧得如火焰山一般。这把火使英莲被拐后气氛低迷的甄家，从此一步步走向彻底衰败。

这段文字非常神似雍正初年的情况，先是李煦被抄家，接着曹李两家的靠山皇八子、皇九子相继获罪削爵死亡，皇十四子被软禁，曹家女婿纳尔苏被革爵，曹寅妹夫傅鼐被充军，终至雍正六年元宵节前曹家被抄。

此段脂批"**写出南直召祸之实病**"，所谓南直，指的就是南京。

明洪武年间以南京为都城，称为京师，直接隶属于京师管辖的地区称为直隶，大致包括今天江苏、安徽、上海两省一市。永乐迁都北京后，原京师对应北京改名南京，直隶上亦加一"南"字，成为南直隶。

明代版画上的金陵风光。

第四讲 石头

《满床笏》这出戏又名"打金枝",讲的是郭子仪满门富贵,媳妇是唐代宗的公主,公主不孝亦遭责打的典故。

第五讲　谜般的脂砚斋

"脂砚斋"三字源自书中众批者之一，以脂砚或脂砚斋署名。《红楼梦》中有许多永远都不可能有答案的谜题，脂砚斋就是其中之一。脂砚斋究竟指的是什么？是人？是砚？还是书斋？

批书是中国文人自古喜欢的传统，清初金圣叹将《庄子》《离骚》《史记》《杜诗》《水浒传》《西厢记》称为"六才子书"并逐一点评，脍炙人口。脂批与金批不一样，金圣叹批的都是古书，而脂批是与作者两人同步边写、边批、边改，因而弥足珍贵。

收集了各版脂批，编成《新编石头记脂砚斋评语辑校》一书的陈庆浩指出，脂砚似熟悉曹家早年的生活，他引用多条脂批证明：

真有是事，真有是事。（第三回）
真有是事，经过见过。（第十六回）
有是事，有是人。（第二十三回）
妙极之顽……此语余亦亲闻者，非编有也。（第六十三回）
……作者曾经、批者曾经，实系一写往事，非特造出……（第七十四回）

脂砚除了为作者所写的事件真实性背书外，两人有不少或悲或喜的共同记忆。第三回作者形容宝玉："面若中秋之月，色如春晓之花。"脂批："'少年色嫩不坚牢'，以及'非天即贫'之语，余犹在心，今阅至此，放声一哭。"如果宝玉原型真是少年脂砚，批语印证了当年的美少年，为今日的落魄落泪。第八回众人对贾宝玉说："……二爷写的斗方，字法越发好了，多早晚赏我们几张贴贴？"脂批："余亦受过此骗……此时有三十年前向余作此语之人在侧，观其形，已皓首驼腰矣。乃使彼亦细听此数语，彼则潜然泪下……"书中有不少段落，写的都是三十年前批书者一些不爱读书的生活细节，与贾宝玉似是一人，又不似一人。

也有些人是否定脂批的，认为任何人都可能经历少年轻狂，也有亲情琐事，年老后想起提起都可能潜然泪下，批者不一定是曹家人，甚而不一定是与作者同时的人。不论脂砚斋是谁，在曹雪芹身世亦如谜的今天，多了解一点脂砚斋，是否就可能多了解一点曹雪芹？

脂批、石见，谁是脂砚斋？

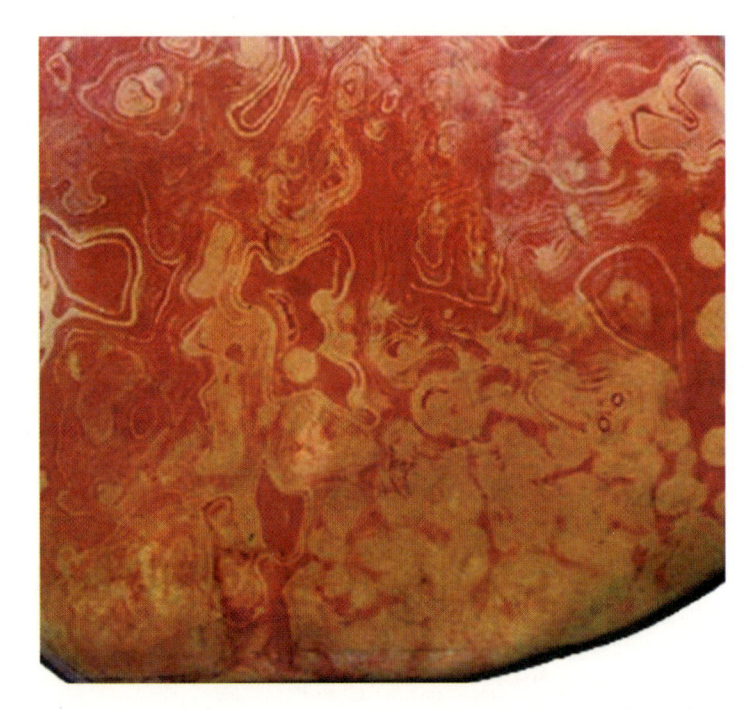

脂批

脂批，泛指《石头记》手抄本上的批语，使读者知道了作者所叙述故事部分是有所本的，批者曾听过、见过或经历过这些情境。

脂批的数量非常多，甲戌、己卯、庚辰三大抄本都有大量的批语。其他的抄本，如甲辰本，其批语不但数量锐减且内容被简化；戚序本的批语，在有正书局剪贴出石印本时，曾大量妄加妄减，已看不到原貌；靖藏本究竟是否存在还无法确定。因而讨论脂批，以三大抄本为准。

目前已知的几千条的批注中，系年及署名"脂砚"的并不太多，甲戌本几乎全无；己卯本及庚辰本署名"脂砚"的批注集中在十六及十九两回，且都是文中双行夹批，其他回极少。还有署名"畸笏"的批注，数量相当可观。

虽署名"脂砚"之批不多，但抄本中到处有"脂砚斋"三字，他不仅是评书者，也是有权决定书名的重要人物。甲戌本每页版心中，上有《石头记》书名，下有"脂砚斋"三字。己卯本、庚辰本每回回首都以"脂砚斋重评石头记之第某回"开始，每卷目录《石头记》书名下有一行"脂砚斋凡四阅评过"小字，可推测许多没有署名的批语，也可能是脂砚所批。脂砚斋与《石头记》两者是密不可分的。

庚辰本二十四回贾芸向舅舅借钱未遂，在路上遇到醉金刚倪二仗义相助的一段，眉批有署了己卯冬夜的脂砚批语："这一节，对《水浒》记杨志卖刀遇没毛大虎一回看，觉好看多矣。"此卷之中，还有不少只系年"己卯冬夜"的批语，红学家认为都可视为是脂砚所批。

己卯年以后脂砚署系批语已不再见，推测己卯是脂砚最后批书之年。

红丝砚为山东青州黑山红丝石所制，为鲁砚代表。宋苏易简《砚谱》谓砚有四十余品，以青州红丝砚为第一。

石见

批者为何会以脂砚两字为署名？

脂砚确是十分独特的署名，胡适最早诠释脂砚是《红楼梦》中"爱吃胭脂的宝玉，即曹雪芹自己"。俞平伯以为是作者自己、同辈或略晚者，没有提出署名脂砚的意义。

赵冈认为脂砚如其字面解释，是红色的砚台。他引用曹寅《楝亭十二种》中《砚笺》"红丝石为天下第一石，有脂脉助墨光"的内容，加上张云章贺曹寅得孙诗，有"祖砚传看入座宾"之句，联想成为："……这块祖砚是一种红色石头做的名叫脂砚。曹颙的遗腹子天祐得到了这块传家宝砚，于是自号脂砚斋。"赵冈认为曹天祐就是脂砚斋。

曹寅辑有介绍红丝砚的文章，却没说他自己拥有红丝砚，且他家的祖砚并不一定就是红丝砚。高阳的小说中就把砚台归属了曹寅的女儿，平郡王妃曹佳氏。因此这些说法都涉及太多的假设，只要第一个假设不成立，曹家的祖砚不是红丝砚，后面的脆弱联结就全部崩盘。

如果简单一点来看脂砚斋，他最认同《石头记》书名，因为"砚"字即"石见"两字合成。他欣赏以女娲补天的神话为楔子，他了解未能补天的遗憾，脂砚斋自认化身为书中的石头，夹杂在一干风流冤家中，来到红尘俗世，亲眼所见、亲身经历了一段悲喜交集的血泪生涯。

第二回看到智通寺柱上的对联："身后有余忘缩手，眼前无路想回头。"脂砚批了："却是为余一喝！"第七回焦大一段借酒装疯骂文后批："真可惊心骇目。一字化一泪，一泪化一血珠！"十三回"三春去后诸芳尽，各自须寻各

红丝石唐宋时即负盛誉，其色红黄相间，有丝纹缭绕，石质坚而不顽，发墨润毫，可谓观赏实用俱备。

自门"批："此句令批书人哭死！"

脂是红的颜色，作者自页首起一再强调的是"血泪"二字，所悲的红尘经历是大家族的没落与繁华散尽。不是附会、没有索隐，只有曹家经历了这样特殊的人生，或可说曹家的人更有机会看到，发生在与他家结亲的平郡王府或他家所服侍的帝王家的更悲惨的人生。

谁是脂砚斋

裕瑞说："……曾见（《石头记》）抄本卷额，本本有其叔脂研斋之批语，引其当年事甚确……闻其所谓宝玉者，尚系指其叔辈某人，非自己写照也。"红学家不得不放弃曹雪芹是贾宝玉，转为宝玉是脂砚斋，又说不上脂砚斋是谁。

曹家人丁并不旺，熟悉《石头记》内容的更不多。因此皮述民将线索扩大到苏州李家，认为苏州织造李煦之子李鼎极有可能是脂砚斋，且李鼎可算是曹雪芹的表叔辈。

李家一样负责接驾康熙南巡，一样生活奢华亏空公款，且其子李鼎据皮述民考据，约生在康熙三十三年，游手好闲终生未仕，不但符合书中贾宝玉的原型，而且有可能是过惯浮华生活、目睹康熙南巡，符合深知全书根由的脂砚斋。

皮述民又引顾公燮《丹午笔记》以"织造李煦……公子性奢华，好串戏……演《长生殿》传奇，衣装费至数万……"来呼应脂砚似熟悉梨园，自夸"余历梨园弟子广矣"的批语。

曹雪芹的叔辈，且有江南生活经历的李鼎，确较曹家其他在北京宫中当差的雪芹叔辈，更接近成为脂砚斋的条件。

也有红学家质疑裕瑞"叔辈"这项信息，仍相信自己的猜测。周汝昌以雪芹妻即书中史湘云为脂砚斋，因一则关键性批语："……玉兄若见此批，必云：'老货，他处处不放松我，可恨可恨！'回思将余比作钗、颦等乃一知己，余可幸也！一笑。"周汝昌认为这段批语是像夫妻间的对话，将批者比为钗、颦，当然因为批者是女性。而且周汝昌深信有所谓旧时真本，史湘云最后成为贾宝玉续弦。

赵同也同意脂砚是女性，即书中薛宝钗，认为其现实中是曹頫的妻子、曹雪芹的母亲。他的配套猜测包括：书中薛蟠是脂砚死后接下批书重任的畸笏叟，即现实中曹雪芹的舅舅；最早的作者是曹頫，他死后或出家后，由儿子曹雪芹在母亲协助下继续写书。

但愈猜愈多，愈离愈远。吊诡的是，每一个原型都可找到些线索或是几条脂批来验证这个原型是正确的，却又无法经得起其他批语的反驳。

有人认为脂砚即红丝砚，而宝玉即雨花台石，前者为曹家祖传宝砚，后者为南京特产，都与曹雪芹家世相关。

畸笏叟

可能是一个官场失意的老人，接下脂砚斋批《红楼梦》的艰巨任务。

除了脂砚斋外，还有一位署名"畸笏"的重要批书者，有畸笏叟、畸笏老人、老朽等不同署名。有一说脂砚斋是批书者年轻时的署名，到了老年改署畸笏。

笏即朝板，是高官的象征。贾母因酬神戏选到《满床笏》，喜滋滋地认为是好兆头。将畸字加笏前批者可能是个官场失意的老人。

第十三回有眉批："'树倒猢狲散'之语，今犹在耳，屈指卅五年矣。哀哉伤哉，宁不痛杀！"此句应为畸笏所批。若以壬午年往前推三十五年，是雍正五年，这年底曹𫖯被革职，第二年元宵节前曹家被抄，因而许多红学家都同意，曹𫖯极有可能就是畸笏。

畸笏的批语，今昔对比，对往事是悲痛的，常见"叹叹"及"宁不痛杀"等语。他也似作者的长辈，如天香楼事，他可命作者删去，叹惜书未完成而雪芹去世，二十二回有眉批："前批书者聊聊，今丁亥夏，只剩朽物一枚，宁不痛乎！"回后暂记宝钗谜面有："此回未成而芹逝矣，叹叹！丁亥夏，畸笏叟。"

综观不少确为畸笏的批语，可看出他对全书的了解及掌控远超过其他人。畸笏最具代表性的批语，首推第十三回："通回将可卿如何死故隐去，是大发慈悲心也，叹叹！壬午春。"他知道可卿是谁，也知为何自缢，也有权叫作者删改。

对曹家意义深远的"西"字，畸笏也一样有感触、有记忆。第二十八回宝玉在冯紫英家宴上说喝一大海酒发酒令时，批："大海饮酒，西堂产九台灵

乾隆二十四年己卯是脂砚与畸笏批书的分界线，这年脂砚在批中骂红玉。而畸笏丁亥（乾隆三十二年）批说明了系因没看到八十回后的文字的缘故。

畸批多条署年壬午春，应是作者去世前最后增修全书时期的批语。

芝日也，批书至此，宁不悲乎？壬午重阳日。"及："谁曾经过？叹叹！西堂故事。"

畸笏看过八十回后的文字，二十回批："麝月闲闲无语，令余酸鼻，正所谓对景伤情。丁亥夏，畸笏。"二十一回："……宝玉有此世人莫忍为之毒，故后文方能'悬崖撒手'一回；若他人得宝钗之妻、麝月之婢，岂能弃而而僧哉……"第二十五回有："……叹不能得见宝玉'悬崖撒手'文字为恨！丁亥夏，畸笏叟。"畸笏认为作者写作风格是"草蛇灰线伏千里之外"，往往忍不住会在前文，暗示后文重要的结局。

二十七回畸笏反驳了脂砚己卯冬之批，认为脂砚骂红玉因未见抄后狱神庙诸事，间接证实了脂砚与畸笏是两个人。雍正七年曹𫖯曾下狱，也许是真实描述了狱中黑暗面，稿件才会迷失，或是被故意销毁。至于真正的结局，只能猜测了。

戏曲《满床笏》图中显示郭子仪寿宴时全家的朝笏堆满。

满床笏

酬神戏头一本《白蛇记》、第二本《满床笏》、第三本《南柯梦》，正是贾家百年家业由盛而衰的写照。

《红楼梦》中提到无数出戏曲，全书出现三次的是清初传奇戏曲《满床笏》。

《满床笏》的作者是清初戏曲家范希哲，戏曲讲的是唐郭子仪被节度使龚敬举荐为天下兵马大元帅，因平了安史之乱而满门富贵，在六十大寿时七子八婿来贺寿，众人的朝笏竟堆得满床。

第一回跛足道人念完《好了歌》后，甄士隐解注以："陋室空堂，当年笏满床……"有脂批："宁荣未有之先、宁荣既败之后。"满床笏与陋室空堂对比，作者暗示宁荣两府未来的命运。

第二十九回贾府五月初一到清虚观打醮，贾珍神前点了酬神戏。

"……头一本白蛇记……第二本是满床笏。"贾母笑道："这倒是第二本上？也罢了。神佛要这样，也只得罢了。"又问第三本。贾珍道："第三本是南柯梦。"贾母听了便不言语。

贾母因神意选了吉祥戏而高兴，还以第二本才上为憾，听到第三本是《南柯梦》就沉默不语。作者想表达连贯全书的主题，正是汉高祖斩白蛇开国、郭子仪满门富贵到淳于梦的南柯一梦。

第七十一回写到八月初三贾母八十大寿，七月初起送贺礼的就络绎不绝，开始贾母还有兴趣检视礼物，后来就叫王熙凤收好，闷时再看。写得似是风光富贵，不久贾母就找了凤姐来问：

"前儿这些人家送礼来的，共有几家有围屏？"凤姐儿道："共有十六家有围屏，十二架大的，四架小的炕屏。内中只有江南甄家一架大屏十二扇，大红缎子缂丝'满床笏'，一面是泥金'百寿图'的，是头等的。还有粤海将军邬家一架玻璃的还罢了。"贾母道："既这样，这两架别动，好生搁着，我要送人的。"

八十岁史太君无法自己享用寿礼，似要留着送给更重要的人。第三次出现的"满床笏"三字，仍是这出戏，以缂丝织品图案呈现，象征看似满床笏的豪门，却是纸上富贵而已。

果然下一回中，贾琏向鸳鸯提到，八月老太太千秋使了好几千两银子，九月才会有进账，所以：

"……这会子竟接不上。明儿又要送南安府里的礼，又要预备娘娘的重阳节礼，还有几家红白大礼，至少还得三二千两银子用，一时难去支借。俗语说：'求人不如求己。'说不得姐姐担个不是，暂且把老太太查不着的金银家伙偷着运出一箱子来，暂押千数两银子支腾过去。"

再看下去读者才知道，为贾母准备生日礼，王夫人接受凤姐的建议，将"后楼上现有些没要紧的大铜锡家伙四五箱子，拿去弄了三百银子，才把太太遮羞礼儿搪过去了"。

随后，又有宫中夏太监来打秋风，王熙凤拿出嫁妆金累丝攒珠及点翠嵌宝石的两个金项圈，典当了四百两银子过关，借夏太监二百两，留下的一半银子准备过中秋用。

接到将贾府比喻为"满床笏"的贺礼后，作者一一揭开贾家上下的窘困，这架华丽的缂丝满床笏围屏成了反讽。

谁最可能是畸笏

红学界对脂砚斋是谁的意见有分歧，对畸笏是谁，却仅有俞平伯的舅父说及近年来相当多红学家认同的曹𫖯说。

早期俞平伯猜畸笏是曹雪芹的舅父，二十四回贾芸向舅舅卜世仁借贷时，吃了一顿冷话有批："余二人亦不曾有是气。"批者指出他与作者两人的"甥舅"关系，不是这样的。

戴不凡《畸笏即曹𫖯辩》一文，得到大多数红学家的认同，他推测畸笏应是一位生于康熙四十年左右的曹家亲属，幼而丧父，估计亦丧母，为曹寅夫妇所抚养，是曹家被抄没的当事人。曹𫖯奏折："自幼蒙故父曹寅带在江南抚养长大。"

曹𫖯从康熙五十四年初到雍正五年底，当了近十三年的江宁织造，他先被革职后被抄家，还曾入狱一年。曹家显赫了百年的殊荣毁于一旦。靖本五十三回回前批"……亘古所无、浩荡宏恩……母孀、兄亡，无依……断肠心摧……"似直指曹𫖯，但"肠断心摧"的批语在贾母送秦钟金魁星时已用过"抚今思昔，肠断心摧"，成为靖本为伪造之又一证据。

若畸笏真的是曹𫖯，雪芹、棠村都是他儿子，甲戌本第一回眉批："雪芹旧有《风月宝鉴》之书，乃其弟棠村序也。今棠村已逝，余睹新怀旧，故仍因之。"没什么感情。同回还有壬午除夕："书未成，芹为泪尽而逝！余尝哭芹，泪亦待尽……"泪尽岂能与"肠断心摧"相比，此回亦未见一字批语伤痛棠村的早逝。

庚辰本第二十二回末："此回未成而芹逝矣，叹叹！丁亥夏，畸笏叟。"虽见悲痛却远不如提到其他事件时，如第十三回提到旧家族的沉疴，有"血泪盈面"之语。或对曹寅常说的"树倒猢狲散"句，虽已屈指三十五年了，还是"哀哉伤哉，宁不痛杀"！

比较畸笏提雪芹及棠村与其他批句，语气似不是父子。对此戴不凡亦说，若有证据足以证明雪芹确是曹𫖯之子，他就收回曹𫖯为畸笏的看法。若曹𫖯只能是一个角色，个人认为他比较像曹雪芹的父亲，是《石头记》最早的构思者。

笏即朝板，古代时记录君命，臣子双手执笏。唐代五品官以上执象牙笏，五品以下执竹木笏；明代五品以上仍执象牙笏，五品以下不执笏；清代已废除笏板，但"笏"仍象征官禄。

第六讲　十二金钗

第五回是《红楼梦》非常重要的一回，描述贾宝玉在秦可卿的房间午睡，梦中到了太虚幻境，看到了记载他生命中重要女子命运的簿籍。他似懂非懂地翻阅着又副册、副册、正册，册中有关金陵十二钗的文字，书中写着：

……下首二厨上，果然一个写着"金陵十二钗副册"，又一个写着"金陵十二钗又副册"。宝玉便伸手先将"又副册"厨门开了……

接着宝玉看了晴雯与袭人两人的籍册，再看副册只看香菱一人后，又看完整本正册。不论脂批或作者都不曾点出，这十四首诗是指书中哪十五位女子。自《石头记》传抄以来，读者似乎也都已知道，又副册是晴雯与袭人，副册是香菱，正册以钗黛合一的诗为首，依次为元春、探春、湘云、妙玉、迎春、惜春、熙凤、巧姐、李纨及秦可卿。

宝玉还想再看，太虚幻境的仙姑怕他领悟太多会泄了天机而将他带开。他在梦中又继续聆听了十四首红楼梦曲。这十四首曲除了开场与结尾外，其余十二首曲一一对应正册中的十二位女子。

曹雪芹原计划顺着这些脉络铺陈全书，继续他的增删改写，如同香菱的诗预言，夏金桂进门后，她将被折磨而死。元妃早逝并曾托梦父母要留后步后，秦可卿诗是悬梁自尽，十三回将她改为病逝的同时，为何将托梦也改为她劝凤姐为贾家早留后路？为何不把悬梁的诗曲改一改？

王熙凤的谶诗"一从二令三人木"更是谜中大谜，除了"休"字外，迄今无一推测能让较多数人信服，连脂砚斋都猜不透的金陵十二钗画、诗、曲的预言，因作者未完成全书而去世，留下更多悬疑。

因为"金陵十二钗"曾是书名，十二钗的人选又曾极不合理地四上四下，更令人怀疑作者想借着这些人、诗、曲、画，透露他自己的看法。从各个方面看来，这都不是单纯的美女与诗画的故事。

书名《金陵十二钗》

少数红学家提出，
这是曹雪芹命名的书名，
应是他最属意的一个书名。

长久以来红学家都讨论"石头记"及"红楼梦"这两个书名，很少人注意到"金陵十二钗"也曾是书名，且这是曹雪芹命名的书名，应是他最属意的一个书名。

第一回叙述了书名改变的过程，从最早的"石头记"到"情僧录"，再改成"红楼梦"及"风月宝鉴"等，最后因曹雪芹在悼红轩"批阅十载、增删五次、纂成目录、分出章回……"题为"金陵十二钗"。

综观改名过程，五个书名极可能是与曹雪芹所说的五次增删呼应。第五次增删应在乾隆甲戌年前，此时作者已将第一至五回改写成，大致与目前面貌相同，定调成为全书的基础，并按此基调重新调整全书的结构，编定章节回目，此时"金陵十二钗"应为最接近全书旨意的书名。

第五次增删及改变书名的同时，对书中人物的性格、结构及命运都可能有一定程度的变动，许多出现次数极少却又极重要的人物，大多在此次加入，包括只出现在第一回的甄士隐，或许也包括了北静王。自此到作者去世前，约十年的时间中，除了书名，全书基调应该没有做过更大的改动。曹雪芹持续修订，到他死时，前八十回仍未完全完成。

书名一再更动与内容一再增删有绝对的关系，乾隆甲戌年脂砚斋重评时，不喜欢"金陵十二钗"的书名，坚持仍用"石头记"为名。这年是乾隆十九年。到乾隆二十四、二十五年，也就是己卯、庚辰两年，脂砚斋四阅定本，还是用"石头记"。

脂砚斋的"砚"字象征"石见"之事，他当然喜欢与他相关的"石头记"书名，此外早本中他所习惯的十二金钗，并不是第五回中的这十二人。

秦可卿淫丧天香楼、贾天祥正照风月鉴、二尤等故事，原该属于《风月宝鉴》内的章节，增删过程中被并入《石头记》中。秦可卿原本是属于《风月宝鉴》的人物，是《风月宝鉴》并入变动后的十二金钗。脂砚斋熟悉的十二金钗，仍未被作者彻底删除，甚而他对又副册是哪些灵巧丫鬟入册的看法，也一样有迹可循，分别在"庚辰秋月定本"的卷内。

第五次增删既以"金陵十二钗"为书名，较之未改前，其人选、排序的重大改变，背后必有深层的意义。

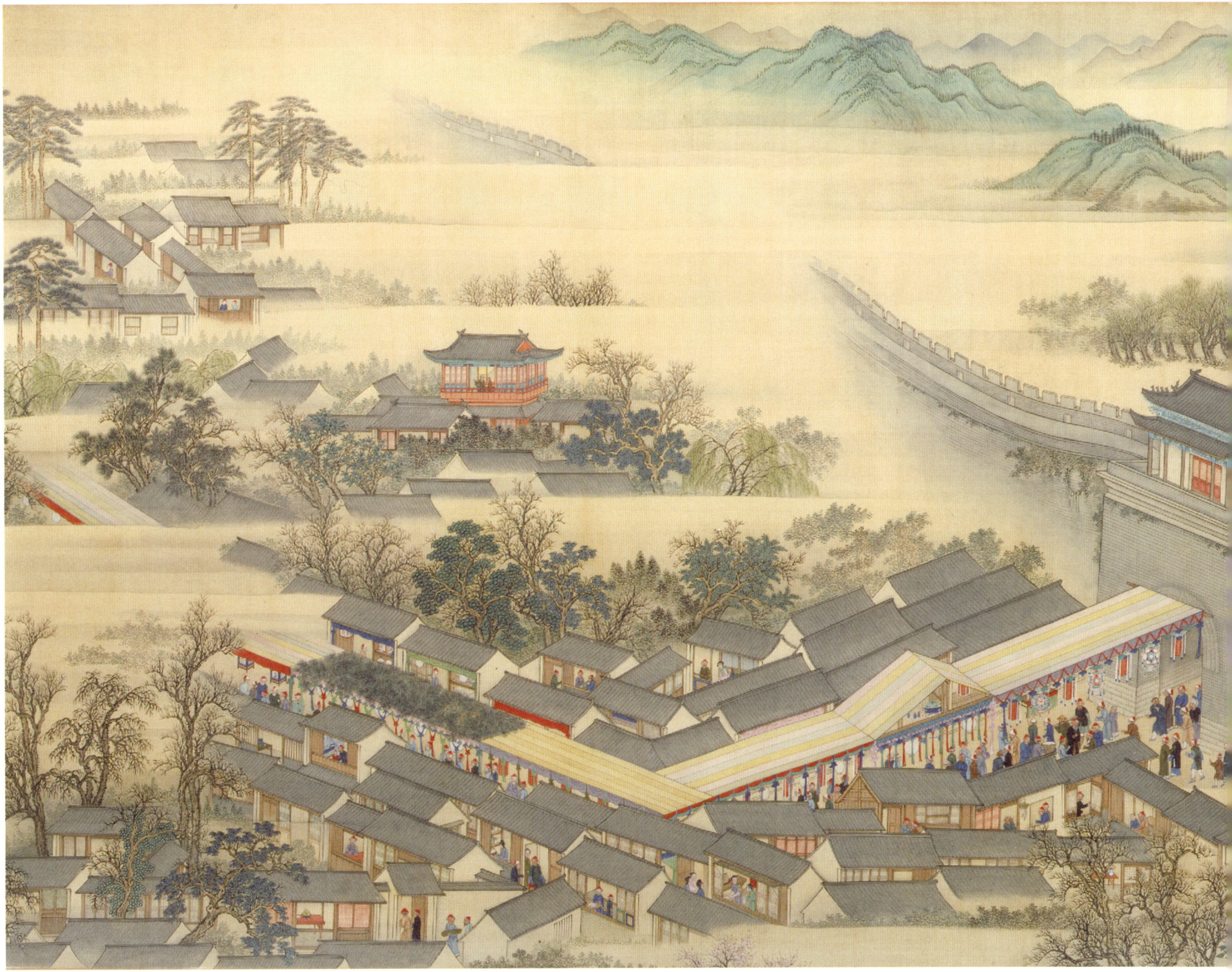

入通济门后街道上有长达数十里的彩棚，图为人们迎驾的画面。

元春　　　　　　　　妙玉　　　　　　　　巧姐　　　　　　　　秦可卿

贾元春、妙玉、贾巧姐与秦可卿是四位替换而上的十二金钗。

第六讲　十二金钗

汪圻所绘怡红夜宴，十二钗多人参与。

脂砚斋看十二钗

脂砚斋认为这是一种千手千眼大游戏法，
是一组组无人可指、有迹可追的美女。

脂砚斋署了名的批语并不多，尤其是夹在内文中的双行批语，红学家都认为是属于作者较早期完成的章回，过录时才能抄写成双行夹批。

四十六回有一段署脂砚斋的双行夹批，对十二金钗有一定的描述，他认为她们是身份相当的一组组女子。

此批写着："余按此一算，亦是十二钗，真镜中花、水中月、云中豹、林中之鸟、穴中之鼠，无数可考，无人可指，有迹可追，有形可据，九曲八折，远响近影，迷离烟灼，纵横隐现，千奇百怪，眩目移神，现千手千眼大游戏法也。脂砚斋。"

脂砚斋这段批语，夹写在十二个名字后，这些名字依序是袭人、琥珀、素云、紫鹃、彩霞、玉钏儿、麝月、翠墨、翠缕、可人、金钏、茜雪。这十二人明显是《红楼梦》中重要的丫鬟，脂砚斋认为这是一组十二钗。

综观这一回整回的主题，都是贾母倚重的鸳鸯，被贾赦逼嫁为侧室。鸳鸯对平儿诉苦时说"从小什么话儿不说、什么事儿不作"的十二个深交，加上鸳鸯及平儿这十二钗，分明是十四人。不论十二个还是十四个重要丫鬟中，都没有提到与紫鹃同为黛玉重要丫鬟的雪雁，而其中琥珀、素云、彩霞、玉钏儿、翠墨、翠缕虽在此回前曾被提起，却不是什么重要场景，怎么能跟撕扇、补裘的晴雯比？晴雯却未被列入，反而有从未出现过的可人。

推想作者对十二钗，确如此回批语脂砚斋的感受，最早并没有特定的范畴，只是一个"千手千眼大游戏法"，虽都是有迹、有形，如镜花、水月、云豹、林鸟、穴鼠等，却都无法真正掌握捉摸。

这段内文及批语，都是完成于曹雪芹重整第五回前。新的第五回已将十二金钗列册具体化，重要的十二丫鬟列成又副册，领衔出场的正是晴雯、袭人，作者只让读者看到两人，借着贾宝玉不定的心性转到副册，也只披露了香菱一人。

推测还有十二优伶的又又副册，贾母刘姥姥是否还要列一册老旦呢？副册的香菱原是甄英莲，元宵节看灯被拐卖给薛蟠为妾，许多人据而认为副册系重要的"妾"，如平儿、尤二姐。这样安排，岂不将香菱与赵姨娘、佩凤列入同级？那第一回脂批"……香菱根基原与正十二钗无异"说的又是哪国话？

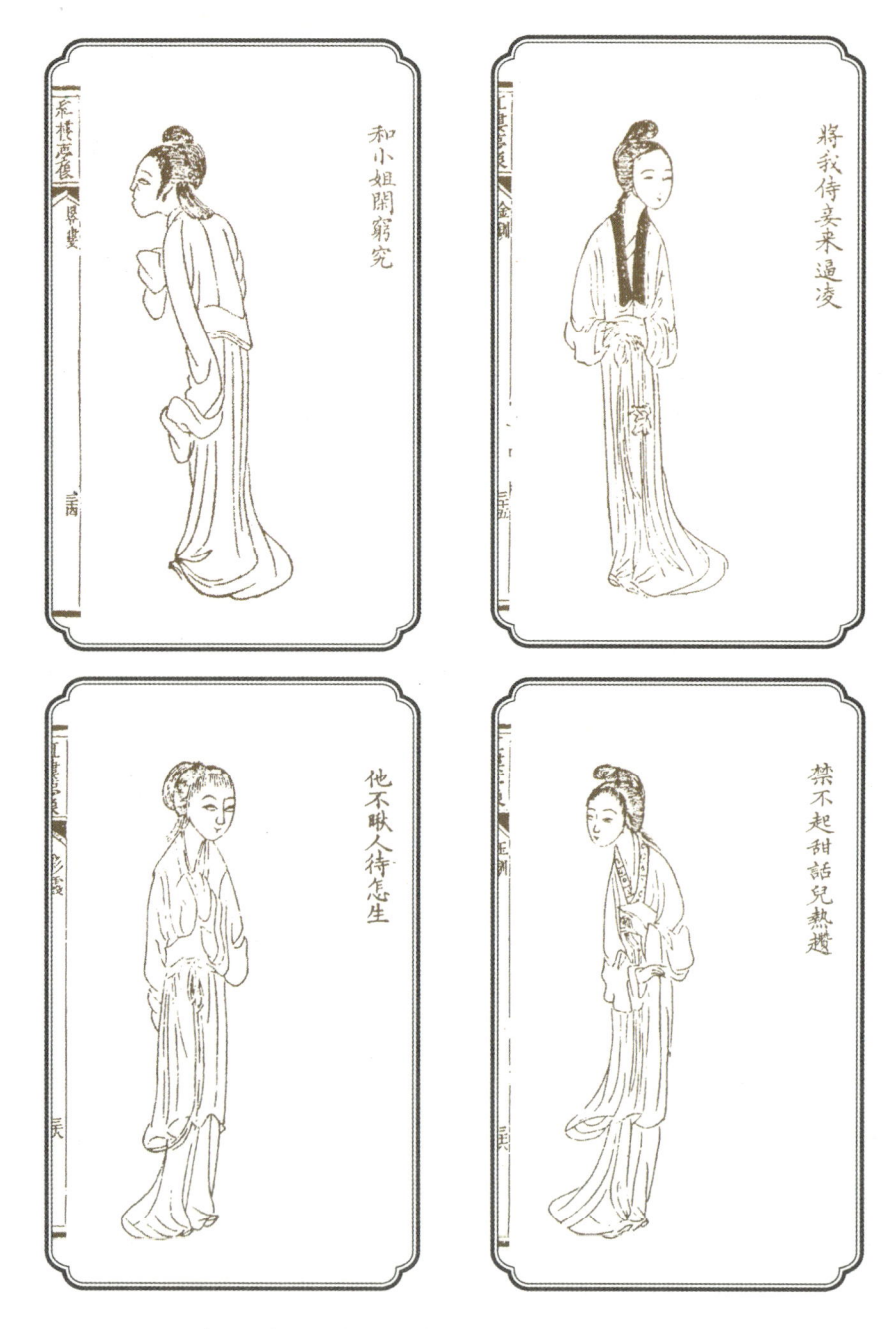

金钏、玉钏、翠缕、彩霞都是脂砚心目中另一类的十二钗。

晴雯补裘是《红楼梦》中重要情节，晴雯竟不在脂砚的另类十二钗中。

大观园中众钗赏雪，穿着红色斗篷与白雪红梅相映，此事固然是最美的片段，也是贾家盛极而衰的开始。

琉璃世界白雪红梅

穿着红斗篷的金钗们，

才是琉璃世界里真的白雪红梅。

除了四十六回的双行夹批外，四十九回回前有一批写着"此回系大观园集十二正钗之文"。这回中也有几条署了脂砚斋的双行夹批。俞平伯虽认为这回是作者早期的文稿，但他的根据并不是双行夹批，而是回前宣告是集十二正钗之文，作者原构思的十二金钗在这回集合登场。

若要选《红楼梦》哪一回的回目最美，则"琉璃世界白雪红梅"必能入选，但这回文采绝对不是最佳的，尤其描述十二正钗分头来到荣国府的文字，平铺直叙地说到李纹、李绮、薛宝琴及邢岫烟都来了，这四人在晴雯眼中"一把子四根水葱儿"，也不似佳句。

这些美女的到来，使大观园比先前更热闹了。"李纨为首，余者迎春、探春、惜春、宝钗、黛玉、湘云、李纹、李绮、宝琴、邢岫烟，再添上凤姐儿和宝玉，一共十三个。"俞平伯认为除宝玉外的十二人，就是回首所说的十二正钗。

这回作者细细地描述了十二金钗身上的衣饰，由薛宝琴披着的一领金翠辉煌的斗篷开始，没见过世面的香菱以为是孔雀毛织的，世家出身的湘云识货，知道那是野鸭子头上那一小撮绿花花的毛织成的。到此回末作者才借"只见宝琴披着凫靥裘站在那里笑……"这么一笔，让我们知道这领珍贵的斗篷原来叫"凫靥裘"。

接着是宝玉穿着猩猩毡斗篷，后文写："只见众姊妹都在那边，都是一色大红猩猩毡与羽毛缎斗篷。"连林黛玉也不例外，她的装扮十分出色："掐金挖云红香羊皮小靴，罩了一件大红羽纱面白狐狸里的鹤氅，束一条金心闪绿双环四合如意绦，头上罩了雪帽。"

曹雪芹还写了不同衣装的四个女子，以避免大家都穿红斗篷如制服般无趣：守寡的李纨穿一件青哆罗呢对襟褂子；不爱打扮的薛宝钗，穿了一件莲青斗纹锦上添花洋线番羓丝的鹤氅；而贫穷的邢岫烟是家常旧衣，并无避雪之衣；再加上一身皮毛，被黛玉讥如孙行者的湘云。写得前后照辉生色。

为点"琉璃世界白雪红梅"题，作者写第二天一早贾宝玉起来，看到雪中的大观园：

> 从玻璃窗内往外一看，原来不是日光，竟是一夜大雪，下将有一尺多厚，天上仍是搓绵扯絮一般。宝玉此时欢喜非常……忙忙的往芦雪广来。出了院门，四顾一望，并无二色，远远的是青松翠竹，自己却如装在玻璃盒内一般……闻得一股寒香拂鼻。回头一看，恰是妙玉门前栊翠庵中有十数株红梅，花开的如胭脂一般映着雪色……

明眼人知道前一天穿着红斗篷的众人，才是琉璃世界里真的白雪红梅。

第二天到芦雪广是为了吟诗对句，参与对句者当然就是十二正钗，这已是第五十回《芦雪广争联即景诗》的内容了。

薛宝琴所穿凫靥裘披风金翠辉煌，似用孔雀毛织的。江宁织造的技工能用金线及彩线织出孔雀毛。图中为云锦研究所所呈列的精品。

十二钗四上四下

为何四位妙龄才女被换下？
换上出家人、婴儿及大观园完成前
已上吊死去的秦可卿？

芦雪广的吟诗由王熙凤的"一夜北风紧"开场，接句的顺序是李纨、香菱、探春、李绮、李纹、岫烟、湘云、宝琴、黛玉、宝玉、宝钗等十二人，回末咏红梅及编谜语还是这些人，迎春及惜春都没参加。

俞平伯所谓十二钗曾四上四下，被换下的该是这两三回极为活跃的李绮、李纹、薛宝琴及邢岫烟四人，换上秦可卿、贾元春、妙玉及贾巧姐。

《风月宝鉴》并入后，秦可卿进入《石头记》中，并安排在第十三回去世，她既没赶上大观园落成，也没有一字一句诗文留下，她竟能入选十二金钗，许多红学家都质疑过，作者的标准到底在哪里。

大观园虽是为贾元春省亲而建，元春也是一日都没住过，省亲当日戌初（即晚上七点多）起驾，到丑正三刻（即次日凌晨两点四十五分）回銮，停留不到四个时辰。贾元春入选为十二金钗，虽身份地位都无懈可击，总觉得不符合脂砚斋"迷离烟灼、纵横隐现"的想象。

更奇怪的是贾巧姐。四十一回她以大姐儿之名出现，与刘姥姥的外孙板儿互换了柚子与佛手，虽脂批"伏线千里"，但因无后文，也不知未来会如何。次回刘姥姥根据她生日七月七，起了个"巧"字为名，只有六十二回贾宝玉生日，提到她被奶妈抱着去拜寿。为什么她也是十二钗之一？

妙玉可能是大家比较能接受的新金钗，令人狐疑的却是她早在元妃省亲前，就已迁入大观园的寺庙，她第五回曲的开场有"气质美如兰，才华馥比仙"的赞词，证明妙玉既美丽又有才气。但第三十七、三十八回的菊花诗及咏海棠、螃蟹都没有她的份，七十回柳絮词及放风筝也不见她的踪影，只有在七十六回，史湘云与林黛玉对句，分别说出"寒塘渡鹤影"及"冷月葬花魂"经典结尾后，突然冒出来的妙玉连了一堆句子，狗尾续貂地以"彻旦休云倦，烹茶更细论"这么平凡、平淡的两句结束。

更奇怪的是第四十九及五十二回，明明提了红梅来自妙玉的栊翠庵前，也说明邢岫烟与妙玉是旧识，却没有邀她前来。原先作者可能安排她只是建大观园当时，林之孝家访聘的十二个小道姑们所居道观的观主。塑造妙玉一种"太高人愈妒、过洁世同嫌"的独特个性，可能是后来加入的，但也是为了让她能成为十二钗之一。

十二钗中删去四位花容月貌的少女，换上贾家行为不端早死的孙媳妇、出生未久仍由奶妈抱着的婴儿、已入深宫的长女及半出家人，真是够奇怪，作者还把书名也改成《金陵十二钗》，背后必有特殊含义。

被替换下的金钗李纹、李绮、邢岫烟及薛宝琴。

第六讲 十二金钗

排序的玄机

没有红学家提出过合理的十二金钗出场排序，
或许根本没有谜底，也可能是最重要的玄机。

曹雪芹完成第一至五回增删，更动新的十二金钗人选及改《金陵十二钗》为书名，三件事似是一气呵成。脂砚斋既不喜欢《金陵十二钗》书名，也看不太懂或不想研究册籍预言诗曲，可由脂批的冷淡印证。

新上选的四位金钗中，看似有诸多不合情理之处，当然是作者对全书结构有了新的考量，册籍及预言诗曲极可能也是在此时编写。多年来有不少著名红学家讨论过，在新的十二钗出场的排序背后，作者是否暗示了什么玄机或深层的意义，只是不论用任何法则来解释，都不能全然合理。

余英时对十二金钗排序，认为应是"多重性"，不宜抽象地讨论，也不应孤立、个别处理，要全面具体研析。他以"通部情案，皆必从石兄挂号"为出发点，认为最重要的标准是各女子与贾宝玉的亲疏关系。

大多数的红学家，也都以此为排序基准，钗黛居首无可争议，元春、探春是同父姐妹，居三、四位也说得通。至于湘云与妙玉为何比迎春、惜春重要，若说宝玉最后娶了湘云也罢，妙玉呢？

白先勇则解释为妙玉名中有"玉"字，是作者另眼相看的重要人物。那巧姐怎么解释？与宝玉虽说实系叔嫂但情同姐弟的熙凤，为何排不到前面？这排序不论怎么解释都有未尽之处。

红学研究别创一格的高阳提出六组论，认为十二金钗依序两人为一组，每组两人相互间都有强烈对比。第六组李纨与秦可卿，以守节及淫乱为对照当然合理，但高阳认为最特别的是第三组，史湘云与妙玉分别是最亲的妻室，

史湘云一直被认为最后嫁给了贾宝玉，此图为清著名画家费丹旭（1801—1850）所画《红楼梦》十二金钗图的史湘云。

对照最疏远的出家人。

贾宝玉最后娶了史湘云为妻，只是高阳及某些红学家一厢情愿的看法，由此看来六组论整体逻辑仍待考验。

若读者是由第一回顺序阅读，读到第五回贾宝玉梦到各金钗时，许多金钗此时尚未登场，史湘云在第二十回方出现，妙玉虽说第十七回就已被延请入大观园，却迟至第四十一回才有说话机会。十五人中已登场的只有香菱、林黛玉、王熙凤、李纨、袭人、薛宝钗、秦可卿、晴雯八人。

此回吊诡处的还有梦中的宝玉，他并未先翻正册，而是由又副册看起，这与一般人看东西的习性也不一样，作者到底在想些什么？

十四

作者写姑苏，批者说是金陵，

批者说"总应十二"，分明处处看到的都是"十四"。

《红楼梦》第一回一开始描述女娲炼石，每块石头"高经十二丈、方经二十四丈"之文字侧，各有脂批"总应十二钗"与"照应副十二钗"之句。梨香院唱戏的龄官等是十二人，大观园的小尼姑及小道姑亦是各十二人，作者看似处处强调"十二"之数，却未按此铺陈故事。

第五回是十二钗出场的正文，但不论是诗还是曲，曹雪芹都给予了并不呼应"十二"的呈现。诗册部分，贾宝玉翻了三册，只看了十五人，却安排钗黛两人合画又合诗，所以只有十四幅画与十四首诗。

涉及书名点睛的重要的红楼梦曲，钗黛的曲仍合一，而副册及又副册者无曲，原应只有十一首曲，作者却为钗黛写《终身误》及《枉凝眉》两首，再加上开场曲《红楼梦引子》及收尾《飞鸟各投林》两首，使得曲的总数也成了奇怪的"十四"首。

五十回回目虽是《暖香坞雅制春灯谜》，却只在最后一段塞了三个深奥的谜语，再加上湘云、宝钗、宝玉及黛玉四人四首诗谜。全回在探春刚要念她所写的诗谜谜面时，被薛宝琴的十首怀古诗谜打断。

第五十一回虽以《薛小妹新编怀古诗》为回目，写完十首诗谜，众人又说了几句不相干的话后，就跳到袭人哥哥因母病来接她回家，全书再也没有文字提到这些诗谜及谜底，脂批亦毫无提示及线索。这些诗谜历来红学家各有谜底及解析，诗谜又共十四首。

"十四"在清初是一个敏感的数字，最熟悉的事件是雍正究竟有没有抢夺

康熙皇十四子胤禵（1688—1755）后被改名允禵，清代即有人认为允禵是林黛玉，与同父同母的亲兄弟雍正（薛宝钗）夺宝玉（国玺）。

弘明（1705—？）为胤禵嫡子，其子为拼桐道人永忠。

了他胞弟皇十四子胤禵的皇位。此外，在努尔哈赤的众皇子中，他所属意继任的多尔衮，排行也是十四。

《红楼梦》索隐派由来已久，近代红学家们却对索隐派的评价不高，自胡适倡导自传派的新红学后，索隐派始终未被视为主流。索隐者仍一厢情愿地编故事，无法以推理及证据说服大众。

主流红学从不认为宝玉是顺治帝，而全书也不像"反清复明"的血泪书。但对"未及补天的彩石"暗示康熙两度废立的太子胤礽这一说法，基于曹家特殊的家世背景，不全然认为是无稽之谈。

与皇位擦身而过的皇十四子胤禵，站在曹家的角度，是否更似未及补天的彩石？

第十四个登场的金钗

先读又副册，再读副册？

这于一个十三岁男孩的好奇心及常理都是违背的。

贾宝玉从金陵十二钗的"又副册"起看，看到了晴雯与袭人二人的谶诗与图后，转而看"副册"，但只看了香菱一人的就不看了，最后才拿起"正册"看。为何先读又副册，再读副册？这于一个十三岁男孩的好奇心及常理都是违背的。

若没有两个又副册及一个副册的女子垫在前面，十二金钗如何排到有人刚好是第十四个出场？

第十四个出场的是李纨，红学家认为以她影射曹颙寡妻马氏当无疑义，但读完《晚韶华》曲，其中"气昂昂头戴簪缨、光灿灿胸悬金印、威赫赫爵禄高登"及"古来将相可还存"等句子，都无法解释这些形容词与她的关联，只好猜是贾兰后来中了武状元。

仔细地读一下她的《晚韶华》曲，她影射的人究竟是谁？

……气昂昂头戴簪缨，气昂昂头戴簪缨，光灿灿胸悬金印；威赫赫爵禄高登，威赫赫爵禄高登，昏惨惨黄泉路近。古来将相可还存，也只是虚名儿与后人钦敬。

大将军王胤祯的西征，确实如一场梦里功名，从曹家观点来看，曹寅的女婿纳尔苏是西征的副将，胤祯接任大位，应是曹氏家族、平郡王府一致的期望。

当《红楼梦》写到此段时，应为乾隆十九年左右，离康熙去世与皇子夺位已三十余年，在此期间雍正、纳尔苏、福彭及福彭独子都先后去世。次年，六十八岁的胤祯，在他的亲哥哥雍正驾崩二十年后去世。此时曹家已衰微贫困至极，雪芹回首前尘必是感慨万千。

李纨在大观园里住在稻香村，写诗时她自号"稻香老农"，如何与大将军王相连？

红学家蔡义江曾考得，胤祯嫡子弘明终身不得一实职，他给几个儿子每人一套棕衣，意思要他们远避官场。永忠体会到他父亲的用意，遂自号"栟榈道人"，也就是穿着农夫蓑衣的修道人。

乾隆元年，乾隆将胤祯释放，胤祯将他嫡孙——也就是弘明这年所生的儿子——命名为永忠，算是对乾隆明志交心。

永忠在乾隆三十三年看到《红楼梦》后，写了三首诗悼念曹雪芹，若书中没有婉转地将胤祯的委屈道出，何来"都来眼底复心头，辛苦才人用意搜。混沌一时七窍凿，争教天不赋穷愁"之句？又怎会"可恨同时不相识，几回掩卷哭曹侯"？

李纨

晚韶华

镜里恩情,更那堪梦里功名!那美韶华去之何迅!再休提绣帐鸳衾。只这戴珠冠,披凤袄,也抵不了无常性命。虽说是,人生莫受老来贫,也须要阴骘积儿孙。气昂昂头戴簪缨,光灿灿胸悬金印;威赫赫爵禄高登,昏惨惨黄泉路近。问古来将相可还存?也只是虚名儿与后人钦敬。

"枘榈道人"与"稻香老农"语意相同,心如槁木死灰的李纨,真的代表了恂郡王一门以嫡孙之名对乾隆明志的永忠吗?

飞鸟各投林

预测《红楼梦》全书未完的结局，其实不必解析草蛇灰线，伏脉千里之外的脂评，亦不必探求什么旧时真本，在曹雪芹第五次增删的第五回中，已呈现出既定的构想。

十四首曲终结尾的《飞鸟各投林》预告了全书的结局，如脂批所说"收尾愈觉悲惨可畏"及"将通部女子一总"。

此曲以"飞鸟各投林"为名，俞平伯将其中十二句分给了十二金钗，点出了全书食尽鸟飞，独存白地，最后终要戏散的无奈。

以下将俞平伯的看法列出：

为官的，家业凋零；	湘云
富贵的，金银散尽。	宝钗
有恩的，死里逃生；	巧姐
无情的，分明报应。	妙玉
欠命的，命已还；	迎春
欠泪的，泪已尽。	林黛玉
冤冤相报实非轻，	王熙凤
分离聚合皆前定。	探春
欲知命短问前生，	元春
老来富贵也真侥幸。	李纨
看破的，遁入空门；	惜春
痴迷的，枉送了性命。	秦可卿

第七讲　谜

猜谜与索隐有所不同。索隐《红楼梦》由来已久，此派人氏是综观全书思索出书中某人物是隐喻现实中的某人物。猜谜则仅就书中某一谜面谜底，解读出所喻何人或何事，历来红学家都着迷于猜这些谜。综观全书，作者好谜是不争的事实。

第一个著名的解谜者裕瑞，他说："……所谓元迎探惜者，隐喻'原应叹息'四字，皆诸姑辈也。"

书中人名的隐喻更是大宗，从第一回开始就由脂批提供谜底，让我们得知原来甄士隐与贾雨村两人的名字，是"真事隐去""假语村言"，甄英莲为"真应怜"，家人霍启实为"祸起"，贾芸舅舅卜世仁则为骂他不是人。

第五回贾宝玉在太虚幻境中所饮的茶名"千红一窟"，"窟"隐喻"哭"字，所饮的酒名"万艳同杯"，"杯"隐喻"悲"字，各类各种不及一一备述。《红楼梦》中隐喻的谜语，还有借着射覆、谶诗、花签及所放风筝的式样来铺陈的，有些是明显的，有些是暗隐的。

第一个出场的甄英莲，作者就借着一僧一道送给她一首预言未来的诗。

这首诗每句后都有脂批，最后两句尤为重要：

> 好防佳节元宵后，
> *前后一样，不直云前而云后，是讳知者。*
> 便是烟消火灭时。
> *伏后文。*

到清宫档案公开后，我们才知道曹𬱖被革职抄家是在雍正六年的元宵节前，脂批认为作者不照实写节前出事。也因为曹家的悲剧落幕，几乎所有的谜都预言悲剧的结局。

红楼谜语中迄今无人能解是王熙凤的"一从二令三人木"。凤姐是一个狠角色，但曹雪芹在红楼梦曲给了她"机关算尽太聪明，反算了卿卿性命"的评语。

一从二令三人木

这句没有人猜透的判词，
谜底是否简单到只有一个"休"字？

《红楼梦》中无数的明示暗喻，最难解的谜首推第五回王熙凤的判词"一从二令三人木"这句。王熙凤预言图诗为：

一片冰山，上面有一只雌凤。其判云：
凡鸟偏从末世来，都知爱慕此生才。
一从二令三人木，哭向金陵事更哀。

找出了十一种解法的朱弦认为，迄今无令大多数人满意的解答。多年以来红学家对此一预言之解析，大致根据"三人木"三字依甲戌本脂批"拆字法"来解是个"休"字，而推测作者最后的构想是王熙凤被贾琏休，也符合下句"哭向金陵事更哀"。

其余"一从二令"四字的含义，或仍是拆字？又如何拆？大致可分成两派。一派认为"从（従）"字中有五个人字，若三人成众，则五人人更多，是指为众人。"二令"合成"冷"字，有认为"冷"系指人名，演说荣国府的冷子兴是古董商，与贾家最后败亡有关。"冷"也呼应图中凤栖冰山，冰山一融无以为靠。

另一派则认为《红楼梦》不是推背图，愈钻牛角尖可能答案愈不对，他们认为"令"是"阃"令，指王熙凤对贾琏的妻管严，将"一从、二令、三人木"分成相连三句，实为凤琏两人关系的三个阶段，即出嫁从夫、阃令森严、休回娘家。

红学家冯其庸同意此说，评此句："难确知其含义。或谓贾琏对王熙凤态度变化的三个阶段：始则听从、续则使令、最后休离。"

赵同《红楼猜梦》一书中认为此句十分单纯，不能分开来看，字面"从令休"三字即为谜底。他猜梦的构架中，王熙凤是影射皇八子胤禩，此句指雍正四年一月胤禩"奉令休妻"的真实历史事件。《清史稿》载，雍正四年正月"革其（胤禩）妇乌雅氏福晋，逐回母家"。乌雅氏为误，实为郭络罗氏，其外公为岳乐，从小生活在宫中，娇生惯养，康熙都说过胤禩"受制于妻"的话。她既未育生子女，也不准胤禩纳妾，经康熙训诫她后，胤禩才得有二妾，替他生了一子弘旺，还有一女。这位嫡福晋的个性及命运，与书中王熙凤还真神似。

姑且不论猜梦是否得当，若可猜得更远一点，雍正封胤禩为和硕廉亲王，此"廉"与贾琏的"琏"是否有关联？而胤禩生于康熙二十年，岁次辛酉，酉年属鸡——正是凡鸟的凤。

康熙皇八子胤禩（1681—1726）曾是皇位继承的热门人选，得满朝文武赞许，当得起"都知爱慕此生才"句，且他生肖属鸡，也符合"凤"字。

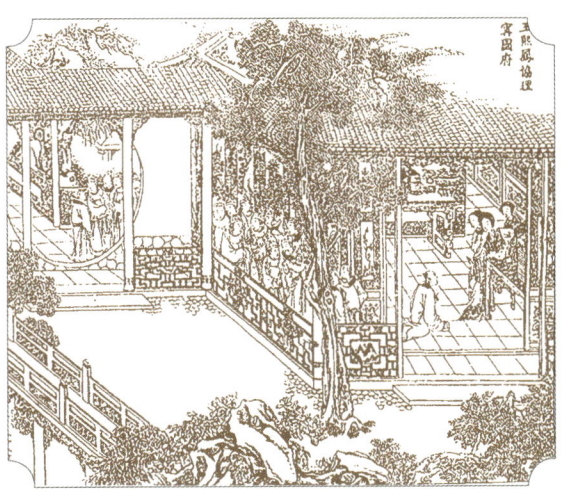

因办理可卿丧事而协理宁国府，王熙凤展现了她巾帼不让须眉的才华。

制灯谜　悲谶语

这回曹雪芹并没写完就去世了，回末有"暂记宝钗谜面"一则，是全书最悲伤哀凄的七言律诗。

第二十二回《制灯谜贾政悲谶语》是贾府元宵节制谜及猜谜的活动，回目即是"制灯谜""悲谶语"，此回灯谜必是暗示了制谜者未来的悲剧命运。若不讨论贾环被元妃退回的不通之谜，庚辰本与程本不同，参与者只有贾母、贾政、元春、迎春、探春及惜春六人。

六人的谜语除有谜底外，还有脂批协助读者了解这些谜语背后作者想透露的真正含义。

贾母的荔枝谜面中提到猴子，脂批提出曹寅常说的"所谓'树倒猢狲散'是也"语句，是否暗指曹寅对曹家未来竟是一语成谶？批者应是深深体会到了这种无奈。（所谓树倒猢狲散是也）

贾政所制的谜底是砚台，脂批"包藏贾府祖宗自身"，此砚是否即脂砚？或是贾家祖传之砚？不得而知。

元妃炮竹谜下有"才得侥幸奈寿不长"批语，暗示元春晋封贵妃后早逝，而探春风筝谜下有"此探春远适之谶也，使此人不远去，将来事败诸子孙不致流散也"。（此探春远适之谶也　使此人不远去　将来事败诸子孙不致流散也）

脂批提出以风筝代表远嫁，谜面中有"怨别离"三字，自是不忍别离。红学家配合六十三回花签的预言，探春抽得"得此签者，必得贵婿"之句，认为除了暗示她将成为家中第二个王妃，符合《永宪录》提到的曹寅两个女儿都贵为王妃外，还认为探春远嫁，所嫁的地方是西域或海外等。

康熙年间瓷器上的荔枝图。

若元春、探春两姐妹的原型有曹寅两个女儿的影子，如曹寅呈康熙奏折所述，已为二女儿及身为侍卫的女婿在东华门外购屋，则探春并无远嫁到海外。

东华门为皇城之东门，门外即今北京饭店一带，由此到曹家北返后所住的崇文门外，是步行可到的近距离。看来这段脂批正是在叙述，因曹家二小姐由江宁远嫁到北京，与被抄家后北返的家人不致失散。

可惜这回曹雪芹并没写完，庚辰本写到惜春谜面为止，回后有署丁亥夏畸笏叟"此回未成而芹逝矣，叹叹"之句。回末还有七言律诗的"暂记宝钗制谜"一则。（此回未成而芹逝矣叹叹　暂记宝钗制谜）

其他稍后的抄本，有传抄者已补了一大段文字，内容包括：揭晓惜春的谜底是佛前海灯，把哀怨忧伤的宝钗诗谜给了林黛玉，另拟一个粗俗的竹夫人谜给宝钗，及加了一堆贾政的悲谶语。

此段文字当是曹雪芹去世前改写的片段，才可能是未写完作者已逝，这些谜与他最后构想的结局，应是相关联的。

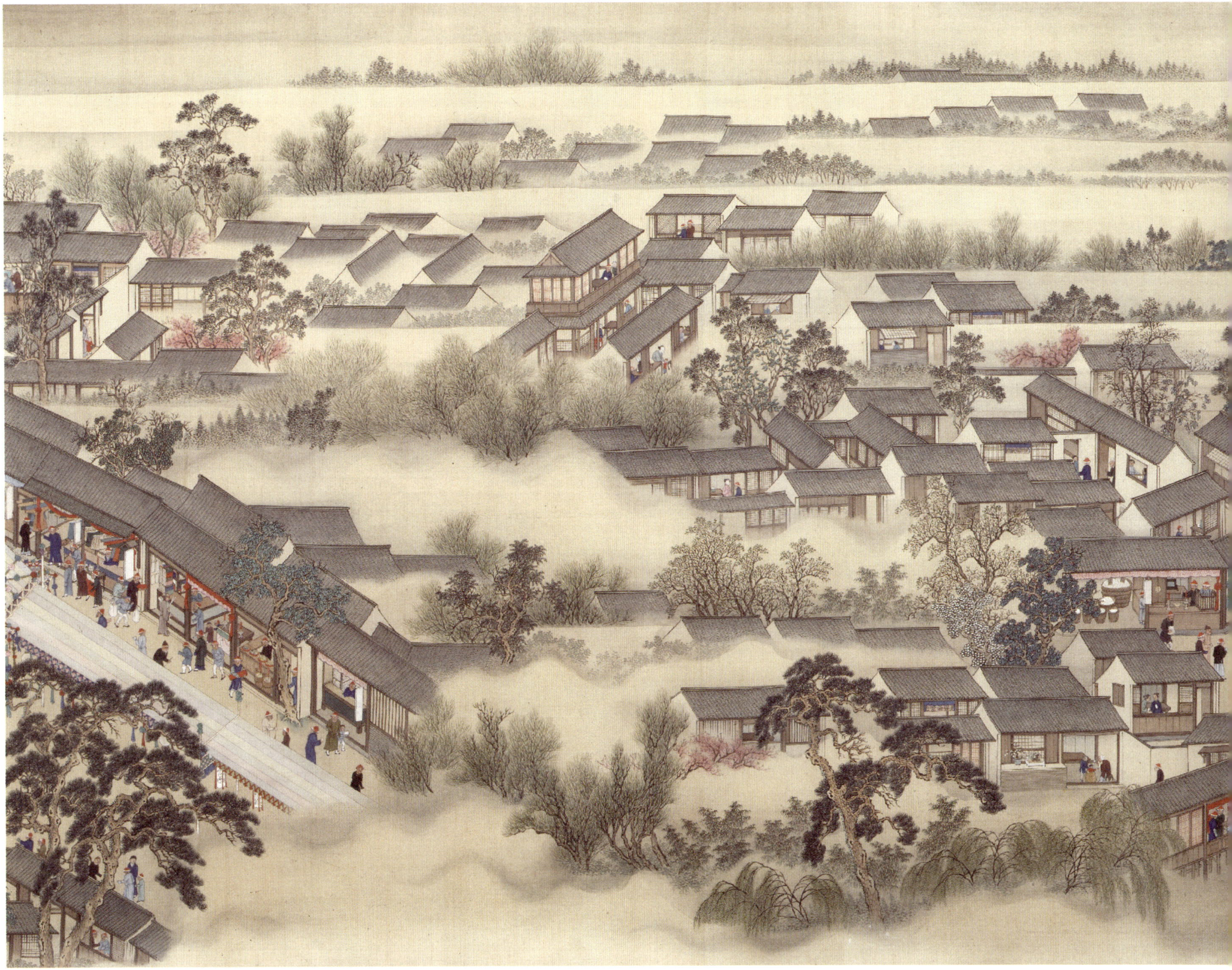

文庙

南京文庙俗称夫子庙,其临水一边栽有杨柳。

暂记宝钗制谜云

朝罢谁携两袖烟　琴边衾里总无缘
晓筹不用鸡人报　五夜无烦侍女添
焦首朝朝还暮暮　煎心日日复年年
光阴荏苒须当惜　风雨阴晴任变迁

此回未成而芹逝矣叹叹：丁亥夏畸笏叟

增評補圖石頭記 第二十二回

聽曲文 寶玉悟禪機
製鐙謎 賈政悲讖語

畸笏丁亥夏在二十二回卷末批了"此回未成而芹逝……"，并暂记了雪芹为宝钗所写的谜面。这首凄厉的七言律诗，写尽了宝钗的寂寞与辛酸，谜底是"更香"。古时时钟不普遍，焚有刻度的香（更香）计时。

第七讲　谜

95

东华门外是南池子，曹寅替他二女儿及当侍卫的女婿在此购屋居住，这位曹二小姐被认为是书中的探春。

薛小妹的十个谜语中，"广陵怀古"以大运河的扬州段河堤上的杨树延伸，暗喻曹家的兴衰与南巡接驾的亏空难弥。

暖香坞的春灯谜

每人的谜面是每人的人生吗？宝玉名利犹虚？
宝钗的梵塔？黛玉人生如走马灯？

《红楼梦》继第二十二回后，五十回《暖香坞雅制春灯谜》再度制谜猜谜。回末李纨、李纹、李绮三姐妹，承贾母之命编了一些灯谜，宝钗认为太过艰深，于是湘云编了个剁掉尾巴耍猴的谜，谜面是："溪壑分离，红尘游戏，真何趣？名利犹虚，后事终难继。"有脂批"句句紧扣宝玉"，此诗谜像是宝玉的人生吗？

《红楼梦》许多谶诗、谜语，没有一条预言贾宝玉。湘云这个谜，众人所猜和尚、道士及偶戏人，虽未猜中，但和尚等确是作者计划中宝玉的未来。李家三姐妹与湘云的灯谜诗，都交代了谜底。作者早期布局此回，极可能是写到此就结束了。

全书增删后，宝钗、宝玉及黛玉也分别编了灯谜诗，书中却无谜底。历来试着解谜的大有人在，亦有人认为这三首诗非雪芹所作。

宝钗的谜底，红学家周春认为是风筝，有人认为是梵塔或松果似较合理。谜面是：

镂檀锲梓一层层，岂系良工堆砌成？虽是半天风雨过，何曾闻得梵铃声！

黛玉的谜底，周春认为是走马灯，騄駬是周穆王的名驹，也有人认为是忠犬。谜面是：

騄駬何劳缚紫绳？驰城逐堑势狰狞。主人指示风雷动，鳌背三山独立名。

五十回无谜底的谜语中，宝钗的谜底是松果的认同度颇高。看到雍和宫中此一"镂檀锲梓一层层"的宗教法器，是否更似谜底？

两谜谜底均无定论，至于宝玉的谜，多数红学家认为是风筝。谜面是：

天上人间两渺茫，琅玕节过谨提防。鸾音鹤信须凝睇，好把唏嘘答上苍。

从灯谜的字面看来，第一句似是形容风筝在天而人在地，风筝最后须剪断线，确是天上人间两渺茫。第二句琅玕泛指翠竹，而风筝用竹片为骨。鸾与鹤都是鸟，鸾音鹤信原指来自天上的讯息。整句符合发出哨音的纸鸢，似将自己悲痛的心境告诉苍天，如最后一句"好把唏嘘答上苍"。

红学家冯其庸认为无解的三首谜诗，都是述说三人自身命运。

红学家蔡义江认为琅玕有美石的意思，是未能补天通灵宝玉的原型，琅玕也是潇湘馆前的翠竹，而天上人间比喻死别，此两句似痛悼黛玉夭亡。

紧接着五十回后，五十一回开头还有十个未解之谜，到七十回末亦有突然转折为放风筝一大段文字，包括二十二回末作者最后增删的构想，都是想预告众人的未来。

薛小妹的未解谜

十首怀古诗是如蔡义江所说的大观园录鬼簿，及曹家整体的悲歌？

五十一回《薛小妹新编怀古诗》一开始，即列出十首怀古诗，十个地点依序为赤壁、交趾、钟山、淮阴、广陵、桃叶渡、青冢、马嵬、蒲东寺、梅花观。与前回三谜一样没有谜底，随即"大家猜了一回，皆不是"。突然故事中断，转到别的话题。

历来想要解此十谜者众多，周春猜《桃叶渡怀古》谜底为团扇、《梅花观怀古》为秋牡丹，而徐凤仪、王希廉都猜《梅花观怀古》为纨扇。纨扇是共识较多的谜底，以它为例：

不在梅边在柳边，个中谁拾画婵娟。团圆莫忆春香到，一别西风又一年。

纨扇是夏天使用的，画有美女且秋天收起，一年后才会再用；至于春香是《牡丹亭》中的丫鬟，梅花观是杜丽娘所葬之地。

蔡义江以牡丹亭象征黛玉，认为谜底是大观园的"录鬼簿"哀歌。名曰怀古，实则悼今，说是灯谜，实是人生之谜。他以第一则《赤壁怀古》是曹军大败，为曹家衰亡的总说。

赤壁沉埋水不流，徒留名姓载空舟。喧阗一炬悲风冷，无限英魂在内游。

其余九人为元春、李纨、王熙凤、晴雯、迎春、香菱、秦可卿、金钏和林黛玉。

杨树与柳树是两种植物，都属于杨柳科，前者为杨属，后者为柳属，所谓水边的杨柳是水柳，两者都会在春天开花飘絮。

第五首《广陵怀古》的谜底杨树，亦是较有共识的一谜。

蝉噪鸦栖转眼过，隋堤风景近如何？只缘占得风流号，惹得纷纷口舌多。

有蝉噪鸦栖，是树无疑，隋堤大运河广陵段河堤，上植杨树。所谓水性杨花，此树用"风流"两字亦得当。广陵在隋朝始称扬州，炀帝南巡动员十数万人游扬州，水上舟船相衔二百余里，挽船壮丁八万余，两岸骑兵护送旌旗如林。作者是否借此暗讽穷极侈靡的康熙南巡？

就地名来分析：赤壁喻曹家；交趾是南越国；钟山、淮阴、广陵与桃叶渡，都在南京的范围内；青冢与马嵬是传说王昭君与杨贵妃葬身之地，一在北一在西；蒲东寺与梅花观是《西厢记》与《牡丹亭》里的虚构场景。

十首怀古诗词悲气哀，整体而言在哀悼曹家的悲剧。曹家原本就可算是曹操的后代，敦诚有《寄怀曹雪芹——霑》的长诗，有其首段"少陵昔赠曹将军，曾曰魏武之子孙。君又无乃将军后，于今环堵蓬蒿屯"可证。

曹寅死在扬州，晚年所忧正是南巡的亏空难弥；而南京是曹家活跃的舞台，体会生离死别，上演如戏的人生。

筝、争、禛、祯

筝、争、禛、祯这四个音近意不同的字，
是否是作者想借着风筝，叙说原名胤祯的允禵，
与其亲兄弟胤禛，曾经争夺帝位？

七十回是极混乱的一回，回目上半《林黛玉重建桃花社》，但桃花社被探春过生日的活动打断，只写了黛玉的桃花诗。回目下半《史湘云偶填柳絮词》，虽说重要主角都填了柳絮词，却在大家正在赏析宝钗柳絮词佳句"好风频借力，送我上青云"时，突然"……一语未了，只听窗外竹子上一声响，恰似窗屉子倒了一般……帘外丫鬟嚷道：'一个大蝴蝶风筝挂在竹梢上了！'"。

回目全无提及的风筝，非常突兀地登场，这段放风筝的情节，亦似作者最后添写的。

突然从天掉下后挂在竹梢的大蝴蝶风筝，引发众人在暮春时分放风筝的兴致。除了大蝴蝶外，书中还出现了形貌完全不同的七种风筝，有美人、凤凰、鱼、螃蟹、蝙蝠、雁及喜字。

依序最先小丫头们拿来的美人风筝，探春的软翅子大凤凰，这时贾宝玉却发现自己想放的大鱼已被晴雯前一天放走了，另一个大螃蟹又被贾环拿去了，只好放林大娘才送来的美人风筝。薛宝琴的风筝是大红蝙蝠，宝钗则是一连七个大雁。

王关仕认为柳絮象征众人离散，而放风筝是离散的顺序。各人所放风筝，似暗示了施放者未来的命运。如螃蟹喻贾环的横行；红蝠是洪福，宝琴的未来要比宝钗幸运；七个大雁是有停机德的宝钗，如乐羊子妻一样要苦守七年。

填柳絮词的主角湘云，却在放风筝的场合中消失。明显两段文字是不同时间所写，几段是谜非谜的预言，似乎都与湘云无关。

若看得更简单，七与妻是同音字，雁又是古礼纳彩必备之物，或可以说暗示贾宝玉终将娶宝钗。而宝玉与林黛玉放相同的美人风筝，可喻为宝玉内心与黛玉最相似，宝玉的美人风筝尝试多次却放不起来，眼睁睁看着黛玉的风筝独自断线飘走，自是宝黛两人命运境遇的写照。

吊诡的是，探春的大凤凰风筝，与另一只凤凰风筝——还夹着作者说不知是谁家的，以及另一个带着响鞭的喜字风筝，这三个风筝究竟代表什么？文中关于这个风筝的描述最多：

> ……探春正要剪自己凤凰，见天上也有一个凤凰，因道："这也不知是谁家的。"众人皆笑说："且别剪你的，看他到像要来绞的样儿。"说着，只见那凤凰渐逼近来，遂与这凤凰绞在一处。众人方要往下收线，那一家也要收线。正不开交，又见一个门扇大的玲珑喜字带响鞭，在半天如钟鸣一般，也逼近来。众人笑道："这一个也来绞了！且别收，让他三个绞在一处到有趣呢。"说着，那喜字果然与这两个凤凰绞在一处。三下齐收乱顿，谁知线都断了，那三个风筝飘飘摇摇都去了……

这段两只凤凰缠斗的长篇大论，究竟代表什么？风筝从《红楼梦》第五回探春的预言登场，经二十二回探春的谜面，到七十回止，在被公认隐藏了许多故事脉络及结局线索的这几回中，风筝与探春一直纠缠在一起。

过去红学家对探春的注意不多，认为这些预言只是为了说明，她生日在放风筝的清明时分，以及她远嫁如风筝断线。七十回言明她生日为三月初三，符合清明前后的说法，只是她并不是第五回画中因远离而在船中涕泣的女子，而是图中放风筝的两人之一。那么谁是船中女子？她又为何泣涕？

第五回探春有《分骨肉》曲名，虽说远嫁是骨肉分离，套在探春身上并不相宜。

"分骨肉"三字实系雍正留给后世最深刻的印象。翰林院检讨孙嘉淦曾公开上书要皇帝亲骨肉，没有分骨肉何需亲骨肉？

再参看五十五回，探春对亲生母亲赵姨娘的一段话："谁是我舅舅？我舅舅年下才升了九省检点……"虽是探春尊嫡称王子腾为舅，但雍正即位后加封佟皇后弟隆科多并称其为舅舅，令亲娘德妃大怒，看来探春更像雍正。

若不从字义而由字音看风筝，筝与争两字音一致，而字形接近。将探春与"争"字联想，就是天上另一个凤凰风筝。两个相交缠的凤凰风筝，所争的究竟是什么？凤凰是鸟中之王，所争的是王位吗？那第三个缠上来的喜字风筝，难道是玉玺？

最后，曹雪芹最爱用"同音"字，雍正的名字为胤禛，而皇十四子改名允禵前的原名为胤祯，两个字的音都接近"筝"。

汪圻所绘《放风筝图》，只见蝴蝶风筝，与七十回描写不符。而蝴蝶风筝是掉进大观园挂在竹梢上，引发了众人放风筝的兴致。

102

第八讲　大观园

大观园清楚地呈现是在《红楼梦》第十七回《大观园试才题对额》中。这回贾宝玉奉父亲贾政之命，给大观园几处重要的所在命名。全程的描述非常仔细，却没有说明左右东西，因而许多悉按书中文字绘制的大观园平面图，不论北京大观园还是其他学者的研究，仍是有所差异。

我们可随着贾宝玉的脚步看一遍，大观园究竟是怎样的一座花园：

入口——曲径通幽处　　正门五间，上面桶瓦泥鳅脊，那门栏窗槅皆是细雕，无朱粉涂饰；一色水磨群墙，下面白石台矶，凿成西番草花样。左右一望，皆雪白粉墙，下面虎皮石，随势砌去，开门只见迎面一带翠嶂挡在前面。往前一望，见白石崚嶒，或如鬼怪，或如猛兽，纵横拱立，上面苔藓成斑，藤萝掩映，其中微露羊肠小道。逶迤进入山口，抬头忽见山上有镜面白石一块，正是迎面留题处。

沁芳——沁芳亭　　进入石洞来，只见佳木茏葱，奇花闪灼，一带清流从花木深处曲折泻于石隙下。再进数步，渐向北边，平坦宽豁，两边飞楼插空，雕甍绣槛，皆隐于山坳树杪之间。俯而视之，则清溪泻雪，石磴穿云，白石为栏，环抱池沿，石桥三港，兽面衔吐，桥上有亭。宝玉道："沁芳"二字，岂不新雅。

有凤来仪　　出亭过池，一山一石一花一木，莫不着意观览。忽抬头看见前面一带粉垣，里面数楹修舍，有千百竿翠竹遮映。入门便是曲折游廊，阶下石子漫成甬路。上面小小两三间房舍，一明两暗。从里间房内又得一小门，出去则是后院，有大株梨花兼着芭蕉。后院墙下忽开一隙，得泉一派，开沟仅尺许，灌入墙内，绕阶缘屋至前院，盘旋竹下而出。宝玉道：这是第一处行幸之处，必须颂圣方可。莫若"有凤来仪"四字。

杏帘在望——稻香村　　一面说，一面走，倏尔青山斜阻。转过山怀中，隐隐露出一带黄泥筑就矮墙，墙头皆用稻茎掩护。有几百株杏花，如喷火蒸霞一般。里面数楹茅屋，外面却是桑、榆、槿、柘，各色树稚新条，随其曲折，编就两溜青篱。篱外山坡之下有一土井，旁有桔槔、辘轳之属。下面分畦列亩，佳蔬菜花，漫然无际。引人步入苑堂，里面纸窗木榻，富贵气象一洗皆

大观园中随处都是奇花异石,亭台楼阁。第三十一回描写端阳节夜晚,贾宝玉在怡红院让晴雯撕扇子博她一笑。此图为汪圻绘下的怡红院景。

尽。宝玉道：就用"稻香村"。

蓼汀花溆 转过山坡，穿花度柳，抚石依泉。过了荼蘼架，再入木香棚，越牡丹亭，度芍药圃，入蔷薇院，出芭蕉坞，盘旋曲折。忽闻水声潺湲，泻出石洞，上则萝薜倒垂，下则落花浮荡。宝玉道：莫若"蓼汀花溆"四字。

蘅芷清芬 攀藤抚树过去，只见水上落花愈多，其水愈清，溶溶荡荡，曲折萦纡。池边两行垂柳，杂着桃杏，遮天蔽日，真无一些尘土。忽见柳荫中又露出一个折带朱栏板桥来。度过桥去，诸路可通，便见一所清凉瓦舍，一色水磨砖墙，清瓦花堵。那大主山所分之脉，皆穿墙而过。

步入门时，忽迎面突出插天的大玲珑山石来，四面群绕各式石块，竟把里面所有房屋悉皆遮住，并且一株花木也无。只见许多异草，或有牵藤的，或有引蔓的，或垂山巅，或穿石隙，甚至垂檐绕柱，萦砌盘阶，或如翠带飘摇，或如金绳盘屈，或实若丹砂，或花如金桂，味芬气馥，非花香之可比。两边俱是抄手游廊，便顺着游廊步入。只见上面五间清厦连着卷棚，四面出廊，绿窗油壁，更比前几处清雅不同。宝玉道：匾上莫若"蘅芷清芬"四字。

天仙宝境 行不多远，则见崇阁巍峨，层楼高起，面面琳宫合抱，迢迢复道萦纡；青松拂檐，玉栏绕砌，金辉兽面，彩焕螭头。这是正殿。只见正面现出一座玉石牌坊来，上面龙蟠螭护，玲珑凿就。至一大桥前，见水如晶帘一般奔入。原来这桥便是通外河之闸，引泉而入者。

对于牌楼有"蓬莱仙境"的提议，当场没有决定，等元妃到此时，已题了"天仙宝境"，最后被元妃改为较低调的"省亲别墅"。

一路下去的清堂、茅舍、佛寺、道房、方厦、圆亭，贾宝玉、贾政等一行人都没进入。

红香绿玉 忽又见前面又露出一所院落来，一径引人绕着碧桃花，穿过一层竹篱花障编就的月洞门，俄见粉墙环护，绿柳周垂。一入门，两边都是游廊相接。院中点缀几块山石，一边种着几本芭蕉，另一边乃是一棵西府海棠，其势若伞，丝垂翠缕，葩吐丹砂。宝玉以此处蕉棠两植，暗蓄红绿两字，而题"红香绿玉"。

尔后，有凤来仪成了潇湘馆，蘅芷清芬成了蘅芜苑，红香绿玉成了怡红院，加上稻香村，此四处是大观园的中心。

1984年至1989年间，为了拍摄电视连续剧《红楼梦》，经专家按书中描述指导，在北京城南修建大观园，不久上海也建了大观园。南京市的手笔更大，2009年完工的江宁织造博物馆，是在市中心江宁织造旧址上重建的，规模为当年的四分之一，主要是织造府西花园、萱瑞堂、楝亭等。

大观园究竟是以曹雪芹曾见过或生活过的庭园为原型，还是只是想象的世界，是争论的话题，我们一个一个来检验。

刘姥姥在妙玉处品茶，汪圻绘。

随园

> 雪芹撰《红楼梦》一部，备记风月繁华之盛，
> 中有所谓大观园者，即余之随园也。
> ——袁枚《随园诗话》

袁枚生于康熙五十五年，算是与曹雪芹同时代的人，又因他做过江宁县令，后人甚看重他对《红楼梦》的意见。但这段话后两句较早的刻本上并无，疑为其后人所增添。富察·明义有名的二十首《题红楼梦》组诗的序中写："曹子雪芹出所撰《红楼梦》一部，备记风月繁华之盛。盖其先人为江宁织府，其所谓大观园者，即今随园故址……"富察家与曹家有姻亲关系，明义似见过雪芹，相信此说者大有人在。

裕瑞也说过："闻袁简斋家随园，前属隋家者，隋家前即曹家故址也，约在康熙年间。书中所称大观园，盖假托此园耳。"

袁枚在乾隆十四年写的《随园记》亦有"康熙时，织造隋公当山之北巅构堂皇……号曰隋园"句。只是隋赫德接任江宁织造在雍正六年，这点错误胡适已指出，但胡适因隋赫德是接下曹頫的织造位置，所以他也认为大观园的原型在此，说："我们考随园的历史，可以信此话不是假的。"

随园一说为原明末吴应箕的焦园，另一说在清凉山一带。究竟隋赫德是接收雍正所赐曹家十三处住房的一部分，还是他另购，不得而知。

隋赫德只当了极短时间的江宁织造，雍正十年被革退，赋闲住在北京，因想走曹家女婿老平郡王的路子复出，七十高龄还被雍正罚往北路军台效力赎罪。

随园是袁枚任江宁知县时买下的，当时小仓山上是园倾花芜，经他斥资修建江楼溪亭，全园始初具规模。后来袁枚的诗作描绘园中一丘一壑、梅花成海、绿竹过墙及嵌壁玻璃等胜景，都让人想起大观园。

只是随园在江宁城海拔九十米的清凉山上，诗中景点大都是乾隆三十三年袁枚第三度整建随园后所增，此时曹雪芹已去世多年，怎可能是大观园的原型？袁才子的一番话，掀起了红学界对大观园究竟是哪里的论战。这些地点有南有北，有花园也有王府，就是没直接的证据。

《随园诗话》的插图。

難得浮生遇玉燭 清人生行樂及時行只戁不
及蕭恭達苦被詩書管一生
諱老人難對鏡光衰容欲避少良方寬心只
有燈前影壁工從無兩鬢霜
佳句聽人口上歌真如絕色眼前過明知興
我全無分不覺情深嘆奈何
雪泥鴻爪去复 觸著難禁老眼紅六十年

典論或慕唐朝進士作賦千篇或學
魯國諸生誦詩三百咏物則絲 入
扣歌風而飄 凌雲偶厄以儒為戲
時參妙諦著手成春無一言不深入
元中無一字肯寄人籬下溯天潢
之派波瀾自異人間投帝女之桑
枝葉都非凡卉所謂義車五色雲

思元主人詩文集序
山中雁落天上書來捧碧海之紅珠珊
瑚尚溫解王孫之雜佩漢壁猶溫大
恩歷己以心驚重沐開函而膜拜方知
主人為高陽之鞠子禹之精苗
翠鳳棲桐丹魚在藻年裁弱冠早
登蕭氏文樓思若流波不數魏家

前舊家信偶然翻出乳書
炎摩天上有前因色界天中認後身老不折
花心尚愛他生還恐作風人

袁枚呈稿

袁枚（1716—1798）为清乾隆年间之才子，善文善诗外又懂得美食，亦写一笔好字。

袁枚于乾隆十三年（1748）辞官购得随园为闲居之所。其后人袁起在同治四年（1865）绘随园图，此为太平天国灭亡后的一年，其题字说明此园已在咸丰年间毁于太平天国战火。

第八讲 大观园

江宁织造专门负责皇帝龙袍等重要织品，所有图案均经过特殊设计，以两人一组之织机织成。

江宁织造

红学最真实的，是曹雪芹生于曹家江宁织造任内，江宁织造署也是康熙南巡驻跸所在。

江宁织造署建于顺治二年，是规模最大、品级最高的皇家丝织公署。曹家三代四世担任近六十年的江宁织造，且康熙第三、四、五、六次南巡皆驻跸于此。

赵冈认为大观园实是接驾的江宁织造花园，为此赵冈与余英时还掀起过笔战，余英时认为大观园是作者所创理想世界，并未以中国南、北的任何一个园林为蓝本。

让赵冈深信的就是一个"西"字，因曹寅号"西堂扫花行者"，而江宁织造花园也正有西园；脂批多处暗示，作者不用西字，是怕批者落泪悲痛。

乾隆十六年南巡改此处为江宁行宫，旧时全图在乾隆《南巡盛典》中可见，花园在行宫西北角，花园林木、假山与水池的位置甚难变动，应接近曹寅在时面貌。

水池约占一半面积，入口在东南，南北园墙有回廊。园内并无多幢可供居住的院落，赵冈所谓"其院宇花园的规模及配置，很类似书中的大观园"，似有夸大。

多年前，南京市开挖考证了在大行宫小学东南角的地下，是江宁织造署的西花园所在。尔后规划约原面积的四分之一区域为江宁织造博物馆，虽然这是一处完全重建的博物馆，在曹雪芹的生卒年及大观园在哪里都尚未确定的时刻，至少这个地点确是江宁织造署。不论这个花园是不是大观园的原型，这里仍有历史空间的重要性。

在江宁织造署旧址上，兴建江宁织造博物馆。

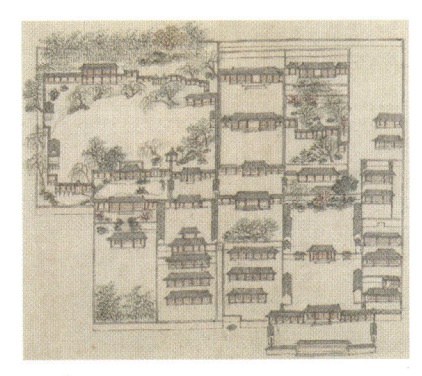

乾隆年间改江宁织造署为江宁行宫，行宫花园即昔日曹寅的西花园。

圣旨所用裱褙的绫布亦由江宁织造负责。

昔江宁织造署，即今南京大行宫地区利济巷一带。

苏州织造署　拙政园　留园

即使没有任何证据，读者仍觉得，
大观园应是以苏州庭园为蓝本写出来的。

看《红楼梦》中描述的建筑物及庭园，感觉建筑似是北方王府，而大观园粉墙黛瓦、假山叠石，及苔藓成斑、藤萝掩映的植被，是苏州庭园才能达到的意境。

曹寅担任过短暂的苏州织造。康熙三十二年，李煦由畅春园总管调任苏州织造，一直做到康熙去世后他被抄家为止。许多红学家都认为苏州李家与曹家关系密切，研究红学不可忽视李家，或因脂砚斋可能为李煦之子李鼎。

苏州织造署一样是康熙南巡时的驻跸所在，同时也有庭院，会是大观园吗？

苏州是昆曲的原乡，康熙三十二年的朱批显示，康熙派名师南下苏州教习，这被认为与大观园中有龄官等十二个唱戏的女子相似。只是苏州织造署目前已成了苏州第十中学，庭院模样无迹可寻。

有红学家认为大观园在苏州的原型当属拙政园。拙政园为元大弘寺遗址，造园始于明正德年间，御史王献臣辞官归隐，以"灌园鬻蔬……此亦拙者之为政也"命名"拙政园"。

康熙、雍正年间，此处为官署；太平天国时，部分为忠王府。目前拙政园的规模，大多由光绪三年接手的富商张履谦所建，实不能以目前所见的拙政园比附大观园。

与拙政园同属苏州名园的留园，位于阊门外，有《红楼梦》的地缘关系，也曾被认为是大观园的原型。留园建于明万历年间，称东园。后因战乱荒芜

苏州织造署会是大观园吗？

苏州拙政园被传说是大观园的雏形。

多时，到嘉庆年间始重建，后称刘园，又毁于太平天国。目前的规模系光绪二年改建，方以留园为名。

不论曹雪芹儿时是否去过苏州，中年有无短暂回江南应聘，在时间及空间上，都不会看到有目前盛景的拙政园及留园。

精致的苏州留园，亦被传说是大观园的雏形。

苏州拙政园被传说是大观园的雏形。

恭王府花园内有渡鹤桥及仿潇湘馆的竹林，它们最早完成于乾隆末年，没有机会成为大观园的原型。

后海恭王府花园

大观园在北方的诸多地点，
恭王府花园是传说最早，
也最不可能的地点。

恭王府花园，一进门有假山，内又有戏台、回廊，布局与大观园非常相像。恭王府原为和珅邸园，和珅获罪后，嘉庆将此宅第给了他的弟弟永璘，咸丰二年改由恭亲王奕䜣获赐。

晚清的《谭瀛室笔记》中和珅少子名玉宝，有宠妾二十四人，如正副十二钗，有名龚姬、倩霞的，正似袭人、晴雯，因而《红楼梦》索隐派有和珅说。

和珅说虽是有多处巧合之处，但这一说是无法成立的。和珅生于乾隆十五年，二十五岁始入仕，此时曹雪芹已去世至少十年了。虽此府第建成于乾隆末年和珅得势后，当地的老百姓仍相信大观园就是这里，他们认为后海这一带原非荒原，在元代是京杭大运河漕运终点，属热闹街市。明弘治年间为专权太监李广的宅邸，他盗引玉河之水穿经其园，符合大观园用原北拐墙角会芳园引来活水的设计。

即使曹雪芹住过恭王府附近的大翔凤胡同的传说为真，李广死于1498年，到雪芹写书的乾隆年间，已有两百余年之遥，此处早就园芜屋圮无影无踪了。

现在的恭王府包括宅第及后花园萃锦园，园内的建筑回廊均以蝙蝠为饰，传说和珅以明蝠暗蝠近万个蝙蝠象征万福。萃锦园中的西洋门及有江南特色的园景，都是奕䜣入住后所增建。入西洋门后，以高五米名独乐峰的太湖石为屏障，石后第一进有蝙蝠状水池名蝠池，上有石砌渡鹤桥，可能是读了《红楼梦》的灵感。四周有榆树，春末花落池中，因榆荚称榆钱，所以蝠池是聚宝盆。

红楼索隐派有和珅说，所以和珅旧邸恭王府花园被认为就是大观园。

第一进院落是蝠池后安善堂，为接待宾客饮宴所在。其后接第二进院落，中有太湖石山，名滴翠岩，上为邀月台，为赏月之所，邀月台的两侧有梯廊，下接回廊，传说快步奔上可加官晋爵。山下石洞名为秘云，洞中还刻有康熙御笔的福字碑。山后有书斋，其建筑平面如蝙蝠展翼，称为蝠厅。命名、布局这么俗气的地方，怎么可能是大观园？

花园还有十余处亭台楼阁，最大的是东北大戏楼与西侧的大水池湖心亭。虽然时空完全不对，还是有人认为此处一前一后、一高一低两个院落就是大观园中的凸碧山庄与凹晶溪馆。

恭王府花园早已对外开放，恭王府旧宅也已整修完成，未来也可能继续被误认为是荣宁两府。

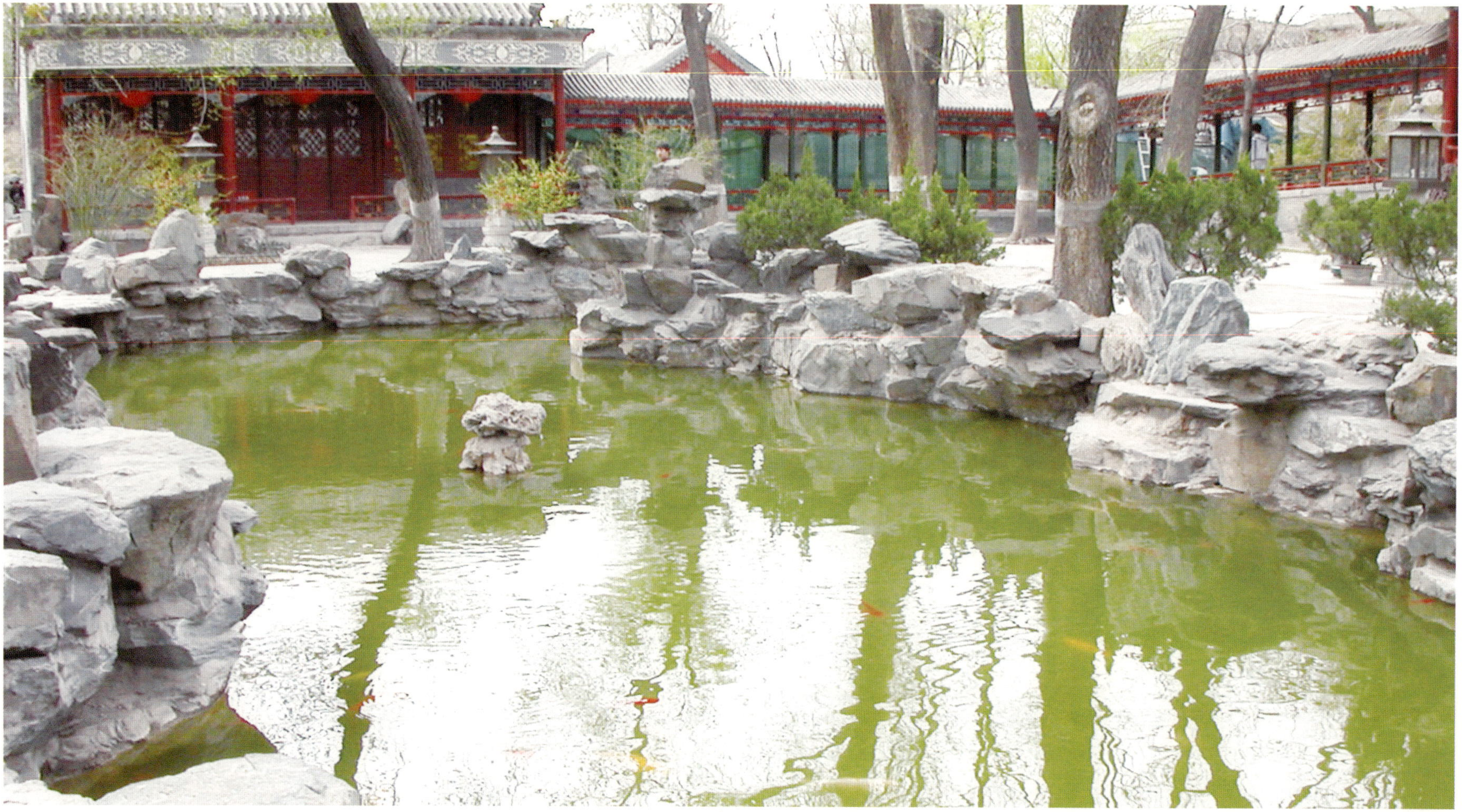

清漪园　圆明园

大观园是恭王府花园说无法成立后，
主张大观园在北方者认为，
属于皇家园林的圆明园与清漪园都有可能。

较之恭王府，圆明园有时间上的优势，此处明代即为私家园林，康熙四十八年时成为皇四子胤禛的赐园，此时规模不大。雍正三年圆明园方完成第一次的大兴建，成为离宫御苑，同时也是雍正居住听政之所在。

圆明园南面的屋宇是宫廷区，后来还加建了军机处，与大观园相似的是前湖北岸的九州清晏内廷大建筑群，按乾隆九年的图文，此区为前后环湖的建筑群落，并非花园。

圆明园在雍正三年到乾隆九年间仍持续扩建，完成著名的圆明园四十景。有些红学家认为蓬岛瑶台、方壶胜境等处胜景，与大观园中原名天仙宝境后被元妃改为省亲别墅的立意类同，只是这些名称并无独到之处。

曹雪芹有可能到圆明园游玩或赏景吗？甚至熟悉到他可下笔写得头头是道？有人认为曹家在北京的亲属与内务府有渊源，使他有机会经常可以出入圆明园，不知根据为何？真是电视剧看多了。以曹頫罪臣的家属身份，能否走进内务府公衙都成问题，更何况是九州清晏深宫禁地的内苑。再看看书中对穷亲卑戚的凉薄，曹雪芹哪有门路走入圆明园？

也有以清漪园是大观园原型者。清漪园即颐和园的前身，始建于乾隆十五年，园址原有辽阔的昆明湖，及高出湖面约六十米的万寿山。又因为一般私家园林均无寺庙，而大观园内有妙玉及小尼姑、道姑修行的佛寺道观，即元妃题匾"苦海慈航"所在之地，与清漪园万寿山上乾隆为皇太后祝寿所

清漪园是颐和园的前身，建于乾隆十五年，不太可能是大观园的原型。

以红楼故事为主题的彩绘。

建的大报恩延寿寺相似。

况书中描述大观园内水域可行舟，有题花溆之石港，不论随园、拙政园还是恭王府花园均无法实现，而占了清漪园面积五分之四以上的昆明湖方可如此行舟。又清漪园乐寿堂门前花纹奇异的巨大青芝岫石，也有人说就是大观园蘅芜苑前的大玲珑山石。

只可惜清漪园完工于乾隆二十九年，已接近曹雪芹去世的时分，只能说大观园的布局，符合当时园林艺术的规格。

至此，大观园不论在南、在北，都无法圆满地被证实，还有一些更远、更属猜测之园林，就不一一细表了。因而，余英时提出了大观园是作者想象的理想世界说。

颐和园的昆明湖可行舟，被认为与大观园的规模相近。

山子野　山子张

描述大观园的筹建，
"全亏一个老明公号山子野者，一一筹画起造……
凡堆山凿池、起楼竖阁、种竹栽花一应点景等事，
又有山子野制度"。

红学研究者注意到此处连续出现了两次的山子野，认为是影射清初造园叠石艺术大师张涟、张然父子。

张涟生于万历十五年，根据《清史稿》记载：

张涟，以其术游江以南数十年，大家名园，多出其手。东至越，北至燕，多慕其名来请者，四子皆衣食其业。晚岁，大学士冯铨聘赴京师，以老辞，遣其仲子往。康熙中，卒。后京师亦传其法，有称山石张者，世业百余年未替。

张涟的仲子传说即张然，应召入京后行走内廷三十余年。据说南海瀛台、畅春园和玉泉山静明园都是他所设计建造的，当然引他入京的冯铨的万柳堂叠石必也是他所建。

也有的称其门派为"山子张"，这个与"山子野"只差一字的名号，又引起无数联想，甚而以张氏父子得入内庭供奉是曹玺所荐，致使近八十年后曹雪芹仍有门路入圆明园观赏。

清史上明写着张然是冯铨引聘入京。冯铨为明万历进士，曾是魏忠贤的党羽，清军入关后又投效多尔衮麾下，除率先剃发降清外，还协助清廷制定礼制朝规，是标准的贰臣。冯铨的万柳堂建于康熙年间，张然建造的一些皇家庭园似也始于康熙初。张然确为冯铨聘到京城的，与曹

凡尔赛宫仍使用当时利用重力做成的喷泉，与其建造年代及工法接近的是圆明园的大水法，但大水法已毁于英法联军之手。

家应无太多关系。

《红楼梦》中的"山子野"，只是仿"山子张"取的一个店号名称，说明了大观园是由专业的造园叠石家所设计的，他们有技术有制度，不劳贾府的诸位大人烦心。

理想世界

余英时《红楼梦的两个世界》认为，
曹雪芹为《红楼梦》创造了两个对比鲜明的世界，
虚构的大观园是一个乌托邦的世界，有别于现实世界。
且以清浊、情淫、假真来分别这两个世界，
是创作企图的中心意义。

余英时指出，《红楼梦》真实与虚构的这两个世界是无法分割的。拆宁国府会芳园墙垣楼阁，接入荣国府东大院中为大观园的基址，大观园引水来自旧宅，竹树山石及亭榭栏杆亦有些旧物。这个最干净的世界却是建筑在最肮脏的基址上，最干净的最后仍旧要回到最肮脏的地方去，《红楼梦》中的理想世界，最后要在现实世界各种力量的不断冲击下归于幻灭，这是曹雪芹的悲剧中心意义。

余英时的观点提出后，许多自叙派的红学家无法接受。赵冈提出康熙三十七年曹寅修西花园档案，以为这是修江宁织造署为迎驾做准备，并认为江宁织造署花园就是大观园的原型。此说为余英时所驳倒，证实此档案系曹寅修京城畅春园西花园的档案，才会有增建四百余间房屋及修建园中三所寺庙。

不仅是余英时撰文当时，红学相关伪材料一再出现，几十年后的今天仍绵延不绝。尔后余英时另撰《眼前无路想回头》一文，认为红学的自传说考证已完成历史任务，应回归到研究作品本身，才能找到创作意图及艺术上的整体意义。

此后，余英时既不愿再卷入红学的争论，也不再发表红学的文章，然《红楼梦的两个世界》一书中所集《敦敏、敦诚与曹雪芹的文字因缘》等多篇论作，实为红学研究不可多得的佳文。

余英时虽认为大观园无论在南、在北，都找不到近似的案例，不是年代不对就是规模不符合，但他也不完全排斥"借景"的可能性。曹雪芹好友敦诚园中有榆荫亭，亦有蕉棠两植的景色。

这样借景的题材，在曹雪芹写书的当时及生活的实际环境中，还有敦敏城西南角太平湖侧的槐园、平郡王府的花园及地名已成孙公园的孙承泽旧宅庭院。张然为冯铨叠石建造的万柳园，也在这一范围内。这些才是曹雪芹可以参考浏览的所在。

这些景点都在北京城的西南角。旗人在城内，汉人在城外，还有乾隆十五年的地图佐证，这些地方才最可能是大观园的借景。

醇王府原为纳兰明珠与容若父子的旧邸，特准引玉河水而有恩波亭。

孙公园

乾隆十五年为曹雪芹撰写《红楼梦》一书的核心时期，有不少文献记载确切关系到曹雪芹的地方，都清晰呈现在这年绘制的北京市街地图上。

《红楼梦》背后最重要的场景是平郡王府，曹寅女儿在康熙四十五年嫁给平郡王纳尔苏，当时纳尔苏统领镶红旗，地盘在北京城的西南角，平郡王府就在西南宣武门北的石驸马大街（现为新文化街）上。

曹雪芹的好友敦诚、敦敏也属镶红旗，他们的住宅记载较清楚的是敦敏的槐园，位于太平湖侧。平郡王府往西走一个大街廓，就可到太平湖。地图上西侧城墙最南端的太平湖，有水圳与平郡王府相连，并可南接护城河。

宣武门往东是正阳门、前门，再往南是鲜鱼口地区，曹家在此处亦有产业。正阳门再往东是崇文门，崇文门往南过一个街廓就是蒜市口街。当时汉人住在南城外，曹家虽是包衣，被革职抄家北返后，居住在雍正特别恩准的城南的蒜市口街，有十七间半的房舍。

太平湖到蒜市口街两地之间的距离约五六千米，步行一小时余可到，骑马当然会更快。近平郡王府的附近有石虎胡同，是雍正三年设的右翼宗学，此宅原为吴三桂子、康熙姑丈吴应熊的府邸，在他被赐死后成为凶宅。二敦与曹雪芹的相识相交均与此处相关。右翼宗学乾隆十九年迁到绒线胡同，离平郡王府更近。

徐志摩曾暂住的石虎胡同七号，是当时新月社聚会所在，虽甲戌本是因在上海开设新月书店而取得，但新月社的原始基地邻近石虎胡同右翼宗学，也算是一种因缘。

曹雪芹最有机会接近的江南庭园，实为北京城南孙承泽旧宅一带，乾隆十五年地图标示为孙公园胡同。

乾隆十五年的地图上，鲜鱼口及平郡王府之间，包括琉璃厂、梁家园前后，均已标明孙公园胡同。因北京南城少园林宅第，过去孙承泽旧宅南方庭园的园景，使胡同名成了"孙公园"。

现今前孙公园胡同与后孙公园胡同间，极可能是孙宅花园旧址。地缘上，孙公园往北走就是平郡王府，往东与曹家居住的蒜市口街也极靠近。这个有戏台、藏书楼的庞大园林，会不会也成了大观园的借景来源？

根据文献记载，乾隆十九年时，孙宅建筑群之一的万卷楼的主人是黄叔琳，乾隆二十一年黄去世。后来翁方纲也做过万卷楼主人。可证明在《红楼梦》撰写的核心时期，此区文风鼎盛。尔后，曾收藏甲戌本的刘位坦父子，在咸丰到光绪年间，也居住于后孙公园胡同。

第十一卷敬圖

皇上鑾自江寧水西門過石頭城途中樹木交蔭風物清美遂庚觀音門至燕子磯駕乘舟泛江羽嘉燉江山彩仗耀雲日維時江神獻祥風伯從令樓船畫艦順流而下銀濤碧浪之中開帆捩舵操縱如飛水師之盛展卷可覩因經儀真望金山沙漵縈迴漁舟出沒皆供憑眺亦略施之縑素焉

建于东吴的报恩寺在江宁南聚宝门外，后毁于太平天国战火，2015年琉璃塔重建完成。

賈寶玉神游太虛境

第九讲　太虚幻境

　　《红楼梦》是诠释幻觉（illusion）与真实（reality）的极致。而真实与幻觉在书中最具体的对比，是代表真实世界的大观园与幻觉世界中的太虚幻境。

　　太虚幻境在《红楼梦》中出现了两次，提到了多次。两次都出现在梦中，第一次是在第一回甄士隐梦境中，第二次是在第五回贾宝玉梦境中。

　　《红楼梦》第十七回大观园落成，贾宝玉被贾政找去试才题对时，走到省亲别墅的牌坊前，"……宝玉见了这个所在，心中忽有所动，寻思起来，倒像那里曾见过的一般，却一时想不起那年月日的事了……"。读者当然明白，这个牌坊贾宝玉是在梦中见过，就是太虚幻境的牌坊。

　　多半在梦中出现的太虚幻境，其命名又如此"虚幻"。朱淡文引佛家语诠释幻境为"种种心造虚空"之境，认为太虚幻境是天外自在之地。

　　余英时以"梦中之梦、幻中之幻"称太虚幻境，并引当宝玉觉得牌坊似在何处见过时的脂批"仍归于葫芦一梦之太虚玄境"，举出不少两地景观类同的描述，认为："大观园便是太虚幻境的人间投影，这两个世界本来是叠合的。"

　　大多数红学家对太虚幻境的诠释，亦不离太虚幻境是大观园一虚一实、一无一有的对比。张爱玲认为太虚幻境是在《风月宝鉴》并入《石头记》后所增加的场景，对应于《石头记》原有的大观园。

　　余国藩认为，脂砚斋虽在提到太虚幻境所制宝镜时，批"此书原系空虚幻设"句，但批语处处显示，书中片段都是对真实的复述，或对真相的复制。他还认为作者与批者间有"在想象的世界中我们共享的真相"的默契，而读者似乎亦必须先有所知，才能与闻。如余国藩所引诗句："真实的美，虚构不来。"

　　《红楼梦》在虚构小说背后，有作者与批者才了解的真实情境，这个真实对读者来说可能并不重要，但读者若真的一无所知，则无法参与作者和批书者借着陈述故事所进行的一场"虚幻与真实"交织的精彩游戏。

梦

《红楼梦》书名中有"梦"字,也描述了许多个梦,每一个梦都有特殊的意义,与太虚幻境亦有相关。

书中第一个梦是甄士隐在第一回所做,梦中他窥听到一僧一道谈及石头将下世历劫,被僧人告知他与石头有"一面之缘"。当他看到"通灵宝玉"四字后,玉就被僧人强夺而去,此时到了写着"太虚幻境"的大石牌坊前。

看到牌坊两边的对联,士隐还没走进,忽听一声霹雳,有若山崩地陷,他大叫一声就醒了。这个梦以对联句"假作真时真亦假,无为有处有还无"为结语。这两句话是《红楼梦》开场白,亦是全书写作的最高指导原则。

第二个梦是第五回,贾宝玉在秦可卿房中午睡,梦中宝玉走进了甄士隐无缘一窥的太虚幻境,牌坊后是一座宫门,宫门上横书"孽海情天",也有一副对联,写着:"厚地高天,堪叹古今情不尽;痴男怨女,可怜风月债难偿。"

走入太虚幻境后的宝玉,仅被允许到"薄命司"略随喜看看。宝玉在薄命司所见,是大家熟悉的金陵十二钗预言。最后以"千红一窟,万艳同杯"预告所有重要主角都将属于薄命司,而薄命的缘由,是由"情"所牵绊,情亦是《红楼梦》全书的主轴。

第三个梦是第十三回,秦可卿去世时托给王熙凤的梦。前两个梦都梦到太虚幻境,而在这个梦中,与太虚幻境主人警幻的妹妹同名的可卿,要回到太虚幻境薄命司去了。可卿向王熙凤警示了悲剧的即将到临,要及早留退路。

第五十六回贾宝玉因家中谈论江南甄家的事,而在梦中见到甄宝玉。

她连着说了"月满则亏,水满则溢""登高必跌重"及"树倒猢狲散"等警语,并提到不久后虽会有大喜之事,也只是瞬息的繁华、一时的欢乐。这个梦在可卿说了"三春去后诸芳尽,各自须寻各自门"后,凤姐就被报丧的云板声惊醒。

旱西門

石城门原为南唐南京的大西门，朱元璋改建为瓮城。
清代称旱西门，《康熙南巡图》上可看出瓮城的形式。

原点与终站

太虚幻境如果是作者所创故事的原点与终站，
大观园则是这个故事重要的中场舞台，
金钗们在大观园中的演出，是早在太虚幻境卷册中注定的。

太虚幻境究竟在哪里？警幻仙子又是谁？

第五回说明太虚幻境在离恨天上、灌愁海中、放春山遣香洞，警幻仙子居于太虚幻境中。神瑛侍者与绛珠仙子二人，意欲下凡造历幻缘前，是在警幻仙子案前挂的号。当一僧一道带着石头，想夹带在一干风流孽鬼中投胎下世时，也要先到警幻仙子宫中交割清楚。

第十二回贾瑞被王熙凤整得奄奄一息，跛足道人送来风月宝镜，提到这是"出自太虚玄境空灵殿上，警幻仙子所制……"，这整段故事移自《风月宝鉴》未变动。

太虚幻境自第十二回后，似是消失了，一直到同属《风月宝鉴》故事的二尤于六十三回登场才再呈现。红楼二尤的故事中提到两次警幻、一次太虚幻境。

六十六回尤三姐死后手拿卷册，告知柳湘莲："……妾今奉警幻之命，前往太虚幻境修注案中所有一干情鬼。"

之后是六十九回，尤二姐似梦似真见到三姐，手捧鸳鸯宝剑告诫她："……将此剑斩了那妒妇，一同归至警幻案下，听其发落。"

显然警幻是经历人间恩怨情仇后的最终的主审裁判，而一切因果了结的所在地就是太虚幻境。这与甄士隐梦醒后，在街上竟遇见梦中的一僧一道，告知他三劫后同往太虚幻境销号是一样的意思。

太虚幻境如果是作者所创故事的原点与终站，大观园则是这个故事重要的中场舞台，金钗们在大观园中的演出，是早在太虚幻境卷册中注定的。

这应该是作者将《风月宝鉴》并入《石头记》后，想要将两者连接的界面。也正因如此，第五回居全书纲领的地位。回中对太虚幻境有较详细的描述，但读者注意力都被十二钗的谶诗及红楼梦曲所吸引，很少注意到作者所辛苦构筑的太虚幻境，以及仍残存的《风月宝鉴》最早构想的"色色空空地"。

警幻仙子是太虚幻境的主宰者，这段故事来自《风月宝鉴》。

色色空空地

太虚幻境充满情、色与空的纠葛，
并非幻境，而是真实的人生。

太虚幻境牌坊上的对联，各《石头记》抄本虽略有出入，均不离"假作真时真亦假，无为有处有还无"这种组合，只有舒序本上有明显的不同，写的是"色色空空地，真真假假天"。

研究舒本甚详的红学家刘世德认为，舒本第一回对联似为作者较早的构想，甚而此一对联是来自《风月宝鉴》原书。舒本第五回同一对联，则与其他抄本一致。

《石头记》书名改《情僧录》时，说明系源于"因空见色，由色生情，传情入色，自色悟空"。这个由"空→色→情→色→空"的过程，使孔梅溪题《风月宝鉴》为书名，此时太虚幻境确实符合"色色空空地，真真假假天"。

究竟是"有无"还是"色空"是太虚幻境的本质，看宝玉梦中进入幻境后，所看到宫门横书"孽海情天"及"厚地高天，堪叹古今情不尽；痴男怨女，可怜风月债难偿"对联以及一路所描述的情境，太虚幻境是较接近"色空"的。

宝玉入室闻到名"群芳髓"的香，喝"千红一窟（哭）"的茶及"万艳同杯（悲）"的酒，看到壁上"幽微灵秀地，无可奈何天"对联，等等。全段看来确是充满"情""色"与"空"的纠葛。

最后作者安排在如仙似幻的太虚幻境旁，是"荆榛遍地，狼虎同群，迎面一道黑溪阻路，并无桥梁可通"的险境，警幻要宝玉速速回头，因这里是"迷津"，并说："……深有万丈，遥亘千里，中无舟楫可通，只有一个木筏，乃木居士掌柁，灰侍者撑篙，不受金银之谢，但遇有缘者渡之……"只听迷津内水响如雷，有许多夜叉海鬼将宝玉拖将下去……

脂批认为迷津处"若有桥梁可通，则世路人情犹不算艰难"，再参看"幽微灵秀地，无可奈何天"对联，脂批："两句尽矣。撰通部大书不难，最难是此等处，可知皆从无可奈何而有。"

若有桥梁可通 则世路人情犹不算艰难
两句尽矣 撰通部大书不难，最难是此等处 可知皆从无可奈何而有

作者描述的太虚幻境竟神似幽微冥界。木居士如希腊神话中冥王役卒，向亡魂索取金钱为他们划船渡过冥河的卡伦。而灰侍者如同圣经《启示录》四骑士中的灰骑士，象征死亡。若太虚幻境即为冥境，确实符合"幽微灵秀地，无可奈何天"，也就是"色色空空地，真真假假天"。

《石头记》全书只有甄士隐与贾宝玉两人梦到太虚幻境，前者并未进入即醒。

舒序本《石头记》第一回太虚幻境的对联与他本不同，应是《风月宝鉴》书中的构想。

第九讲　太虚幻境

似梦非梦

来自情天,去由情地。前生误被情惑,今既耻情而觉……

太虚幻境是《红楼梦》梦境的主轴,六十六回的故事起于柳湘莲从贾宝玉处得知他定亲对象尤三姐的来历后,跌足说了《红楼梦》中名言:"你们东府里除了那两个石头狮子干净,只怕连猫儿狗儿都不干净。我不做这剩忘八。"后断然退亲,索回作为定礼的家传鸳鸯宝剑。

尤三姐得知后,知是自己过去行为不端所致,一面泪如雨下,左手将剑并鞘送与柳湘莲,右手回肘自刎而死。

此回末尤三姐似梦非梦地告别柳湘莲:

> 柳湘莲……出门无所之,昏昏默默,自想方才之事。原来尤三姐这样标致,又这等刚烈,自悔不及。正走之间,只见薛蟠的小厮寻他家去,那湘莲只管出神。那小厮带他到新房之中,十分齐整。
>
> 忽听环珮叮当,尤三姐从外而入,一手捧着鸳鸯剑,一手捧着一卷册子,向柳湘莲泣道:"妾痴情待君五年矣,不期君果冷心冷面,妾以死报此痴情。妾今奉警幻之命,前往太虚幻境修注案中所有一干情鬼。妾不忍一别,故来一会,从此再不能相见矣。"说着便走。
>
> 湘莲不舍,忙欲上来拉住问时,那尤三姐便说:"来自情天,去由情地。前生误被情惑,今既耻情而觉,与君两无干涉。"说毕,一阵香风,无踪无影去了。
>
> 湘莲警觉,似梦非梦,睁眼看时,那里有薛家小童,也非新室,竟是一座破庙,旁边坐着一个瘸腿道士捕虱。湘莲便起身稽首相问:"此系

《风月宝鉴》故事的重要主角尤三姐与柳湘莲,一个回到太虚幻境,另一个出家。

何方？仙师仙名法号？"道士笑道："连我也不知道此系何方，我系何人，不过暂来歇足而已。"柳湘莲听了，不觉冷然如寒冰侵骨，掣出那股雄剑，将万根烦恼丝一挥而尽，便随那道士，不知往那里去了。

到了六十九回，二姐已受尽折磨，夜来合上眼见到三姐手捧鸳鸯宝剑前来说："姐姐，你一生为人心痴意软，终吃了这亏。休信那妒妇花言巧语，外作贤良，内藏奸狡……此亦系理数应然……故有此报……"

三姐向二姐所说"天网恢恢，疏而不漏"及"天道好还"等文句，都证明作者思想中，凡世间恩怨情仇，需有一处了结所在，而太虚幻境在书中正是此一了结处。

六十九回末，二姐吞金而死。

北邙山

把风云庆会消磨尽，
都做了北邙山下尘……

太虚幻境多半出现在梦中或恍惚之中，只有第一回，甄士隐梦醒后在街上见到了梦中的一僧一道，道人最后对他说："……三劫后，我在北邙山等你，会齐了同往太虚幻境销号。"三劫后表示士隐尘缘未了，要等一段时间后才会觉悟。

北邙山在洛阳城北，自古以来就是墓葬之地，建都在洛阳的王朝的皇陵都在此。明代以后的都城在北京，仍有"生于苏杭，死葬北邙"之说。北邙是死亡的另一种说辞，对姑苏人甄士隐来说，是巧合还是作者的刻意安排？

作者相信凡世间的恩怨情仇，在虚无之处有一可了结的所在，但必须经过死亡，才能回归到太虚幻境。张养浩《山坡羊·北邙山怀古》写着：

悲风成阵，荒烟埋恨，碑铭残缺应难认。
知他是汉朝君，晋朝臣？
把风云庆会消磨尽，都做了北邙山下尘……

第一回《好了歌》中有"古今将相在何方？荒冢一堆草没了"之句，在甄士隐的解词中有"……正叹他人命不长，那知自己归来丧……因嫌纱帽小，致使锁枷扛……"所阐述人生的无常，与古今将相甚而是皇帝最后都归为北邙山下尘的意境是一样的。

贯穿《石头记》全书的一僧一道，与太虚幻境关系深远。

第十讲　三春与三秋

"春""秋"这两个字，在中文上有非常多的含义，最基本的意思是四季中的春、秋两季；也可指年岁，称一个春秋为一年。

《红楼梦》第一回贾雨村写的中秋诗"天上一轮才捧出，人间万姓仰头看"句上有"用中秋诗起，用中秋诗收，又用起诗社于秋日。所叹者三春也，却用三秋作关键"的脂批，指出这首中秋诗是全书的开始，全书也将要用另一首中秋诗收场，书中诗社也是秋天开始。书中虽然常见叹息"三春"的文句，但"三秋"才是全书的关键。《红楼梦》中三春与三秋究竟代表什么？

三春泛指春季中孟春、仲春与季春三个月份，三秋一样是孟秋、仲秋与季秋。三春在《红楼梦》中最早出现在第五回元妃谶诗中，有"三春争及初春景，虎兔相逢大梦归"之句。同回惜春有"勘破三春景不长，缁衣顿改昔年妆"句，及《虚花悟》曲有"将那三春看破……到头来谁把秋挨过……春荣秋谢花折磨，似这般，生关死劫谁能躲……"预言最年幼的惜春，见姐姐们皆躲不过生关死劫的悲惨命运，觉悟美景不长，换上缁衣出家，伴青灯古佛终老。红学家都认同冯其庸所谓"隐指迎春、探春、惜春三姐妹的命运，不如元春的荣耀显贵"。

第十三回秦可卿托梦王熙凤，又用了"三春去后诸芳尽，各自须寻各自门"的谶语。批书者感慨万千，有"不必看完，见此二句即欲堕泪"及"此白令批书人哭死"。三春不全然是贾家姐妹，而是涵括贾家的荣华富贵，衰败后瞬间什么都没了，亦是暗指曹家抄家北返后，江南种种如春去后花落尽，一无所有，才能令批书人哭死。

三秋则如脂批所述，是书中的中秋节、诗社及中秋诗。

春秋两字亦常有"史笔"的意思。孔子修鲁史《春秋》针砭史事，可否据以认为《红楼梦》是一本曹氏春秋？或是平郡王府的"平家物语"？或是康、雍、乾三朝的皇室恩怨夺嫡风波？或是这三者加起来的综合《春秋》呢？

元宵与中秋

用中秋诗起，用中秋诗收，又用起诗社于秋日。
所叹者三春也，却用三秋作关键。

《红楼梦》呈现在回目中的节庆，有第十八回《荣国府归省庆元宵》、第五十三回《宁国府除夕祭宗祠，荣国府元宵开夜宴》及第七十五回《赏中秋新词得佳谶》三回。周汝昌认为《红楼梦》中最重要的节庆，就是元宵及中秋。他认为三春是《红楼梦》中的三个元宵节。

春初的元宵节日与贾家，或可说与曹家的盛衰关系密切。第一个元宵节出现是在第一回，元宵夜甄英莲看社火花灯被拐，甄家的厄运祸事就此开始。

第二个元宵在第十八回，是贾家极盛的元妃省亲。

最后在第五十五回，写到元宵已过，宫中一位老太妃欠安，没多久第五十八回这位老太妃薨逝。吴世昌认为第五十八回一开始的老太妃薨逝，作者原计划是写元妃在元宵后去世，贾家开始走向衰败。亦认为十三回可卿托梦，所言"三春去后诸芳尽，各自须寻各自门"谶语，原是元妃去世时向父母托梦时所说，符合第五回预言元妃《恨无常》曲名，及其中"……故向爹娘梦里相寻告：儿命已入黄泉，天伦呵，须要退步抽身早"。此时，贾家亦实际到了"三春去后诸芳尽"的境地，批书者才会批 此白令批书人哭死 "此白令批书人哭死"。

对应于"三春"的"三秋"是中秋节。

第一个中秋也在第一回，有着"……当时街坊上家家箫管，户户弦歌，当头一轮明月，飞彩凝辉……"的中秋气氛。重心是在贾雨村写的中秋诗在心境上的三段变化：先是想到娇杏的回眸对月有怀，而有"蟾光如有意，先上玉人楼"的遐思；继而写下"玉在匮中求善价，钗于奁内待时飞"；最后

迎春花是立春节气最早开的风信花，而不常见的探春是立春第三候的风信花。

雨村的"天上一轮才捧出，人间万姓仰头看"气势不凡，打动甄士隐爱才心，资助他进京会试。

第二个中秋并未明写，如脂批 又用起诗社于秋日 "又用起诗社于秋日"部分，第三十七回《秋爽斋偶结海棠社，蘅芜苑夜拟菊花题》及次回的菊花诗，延续到第四十二回，均为八月中秋盛景。

而"用以为收"的中秋诗，应是第七十五回《赏中秋新词得佳谶》的诗词，然回中不论宝玉还是贾兰的诗词都是以"……"表示。到曹雪芹去世前，似仍未想好这些"用三秋作关键"的诗句。

三春与三秋，是这三个元宵与中秋吗？

《红楼梦》中多次提到三春,一般人都认为指迎春、探春、惜春三姐妹。

第十讲 三春与三秋

烟消火灭的第一个元宵

雍正六年元宵节前，江宁曹家被抄，
是曹家在江南六十年荣华富贵烟消火灭之时。

第一个元宵节出现在第一回，在甄士隐义助落难的贾雨村赴京赶考的那个中秋节之后。这个元宵节将遭不幸，在前一年夏日已被提起，就在甄士隐梦到太虚幻境醒来后，带着英莲上街，却见到梦中的一僧一道：

> 只见从那边来了一僧一道……向士隐道："施主，你把这有命无运、累及爹娘之物抱在怀内作甚？"
> 士隐听了，知是疯话，也不去睬他。那僧还说："舍我罢，舍我罢！"……大笑，口内念了四句言词，道：
> 惯养娇生笑你痴，为天下父母痴心一哭。
> 菱花空对雪澌澌。生不遇时。遇又非偶。
> 好防佳节元宵后，前后一样，不直云前而云后，是讳知者。
> 便是烟消火灭时。伏后文。

这首谶诗一向被解读为暗写雍正六年的元宵节前曹家被抄。为何不直写是节前，反而说是节后，是不想让知道的人联想太多，似是想要撇清，此书不是直写曹家的故事。

到元宵节时，英莲被拐子拐走，甄家自此灾祸连连。这是书中的故事。曹家也一样，革职抄家只是祸端的开始，北返后因赔不出几百两的银子，曹𫖯曾被枷号，即日夜要佩戴几十斤的木枷在身。

甄英莲的命运在书中第一个元宵节时彻底改变，成为薛蟠的侧室香菱。

女儿被拐后,一事未了又生一事:

>……三月十五,葫芦庙中炸供……致使油锅火逸,便烧着窗纸……接二连三牵五挂四,将一条街烧得如火焰山一般……只可怜甄家在隔壁,早已烧成一片瓦砾场了……便携了妻子与两个丫鬟,投他岳丈家去……见女婿这等狼狈而来,心中便有些不乐……勉强支持了一二年,越觉穷了下去。封肃每见面时便说些现成话,且人前人后又怨他们不善过活,只一味好吃懒作等语。士隐知投人不着,心中未免悔恨,再兼上年惊唬,急忿怨痛已伤,暮年之人,贫病交攻,竟渐渐的露出那下世的光景来。

这段被认为《红楼梦》中描写贫困最深刻的文字,应该是曹家北返后落魄及遭受亲戚讥讽的写照。第一个元宵节是属于甄家的,真的故事虽要隐藏了,假中可能都是真言,如同正史的真事也未必全属真实。是否就如甄士隐在太虚幻境看到的对联:

>假作真时真亦假,无为有处有还无。

《红楼梦》中元宵节含意深远,甄英莲被拐、元妃省亲到原来安排元妃薨逝,是书中三春的真正含义。

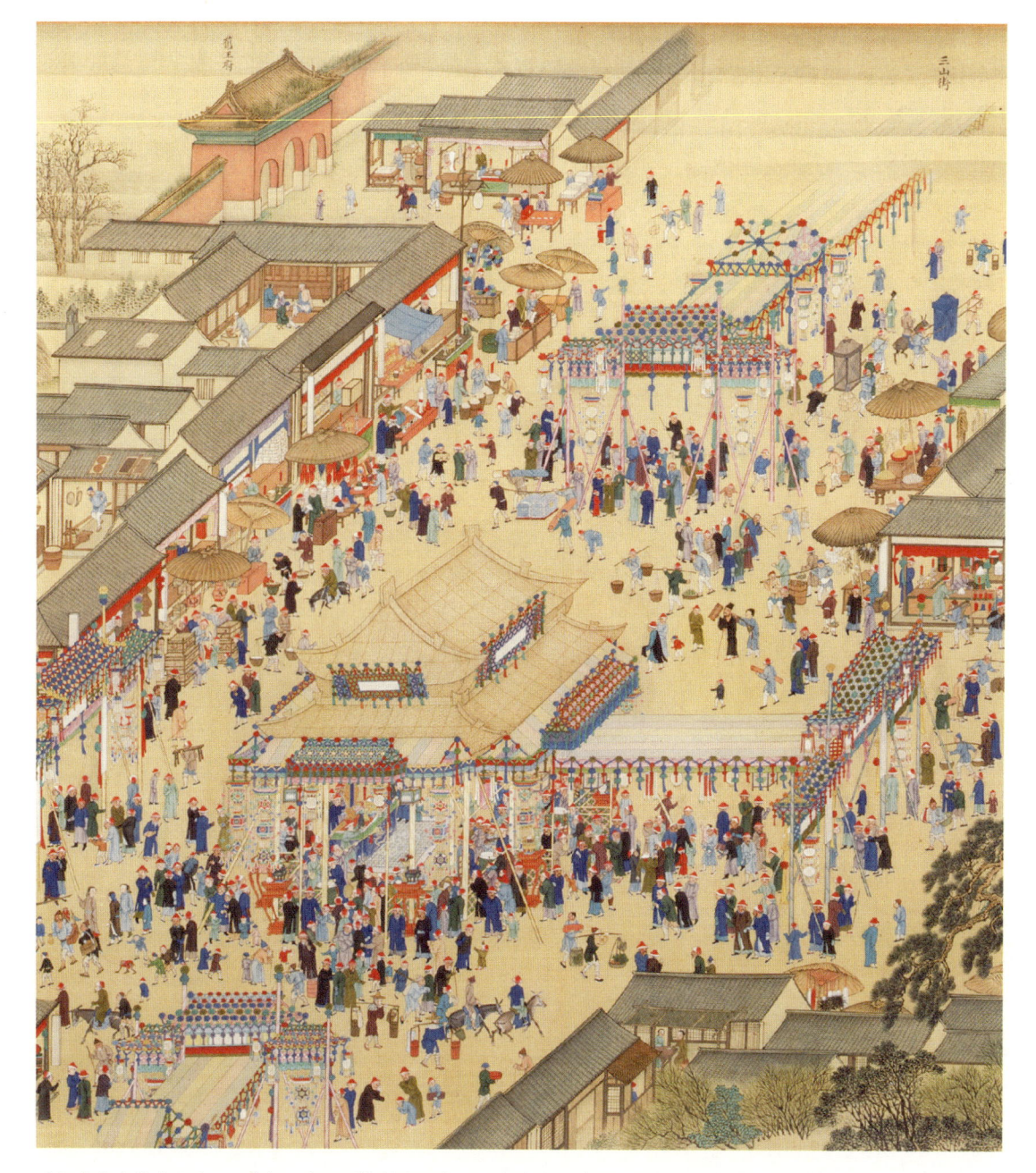

元妃省亲实是康熙南巡。《康熙南巡图》描述江宁旧王府前张灯结彩，如同贾府在元妃省亲时装饰的大观园。

省亲
——繁盛极致的第二个元宵

借省亲写南巡，道出心中多少忆昔感今……
元妃省亲确有康熙南巡的影子。

第二个元宵，是元妃省亲时。

第十六回贾家得到喜讯，元春晋封为凤藻宫尚书，还加封贤德妃。不久圣恩传下，妃嫔能回家省亲。为了迎接元春，贾家盖省亲别墅，兴建了全书的核心场所——大观园。

王熙凤提起若她早生二三十年，就赶得上太祖皇帝仿舜巡，炫耀王家接驾过一次。赵嬷嬷接着说道，她小时候，贾家预备过一次接驾，"把银子都花的淌海水似的"。接着两人说起江南甄家，独甄家接驾四次，又说到接驾排场："若不是我们亲眼看见，告诉谁，谁也不信的。别讲银子成了土泥，凭是世上所有的，没有不是堆山塞海的，'罪过可惜'四个字，竟顾不得了。"

王熙凤纳罕甄家怎么会这么富贵时，赵嬷嬷说："告诉奶奶一句话：也不过是拿着皇帝家的银子，往皇帝身上使罢了！谁家有那些钱买这个虚热闹去！"

这几句话是直指曹家的痛处，因接驾弄出来的亏空，到曹寅、曹颙父子相继病故后，仍一笔一笔浮现，间接影响得曹頫被革职抄家。而接驾的奢华，作者在第十七、十八回一一写来。大观园房子盖好后，园内的寺院与戏台要有道尼、戏班。采访聘买小尼姑与小道姑，要替她们做新道袍，教她们念经咒。戏班则聘教习、做行头。

花园楼阁内要古董文玩，园中要有草木飞禽走兽，除了仙鹤、孔雀外，鹿、兔、鸡、鹅等悉都买全。细碎到妆蟒绣堆、缂丝弹墨一样不缺，各色绸绫、大小幔子一百二十架，帘子二百挂、毡帘二百挂、金丝藤红漆竹帘二百挂、墨漆竹帘二百挂、五彩线络盘花帘二百挂外，椅搭、桌围、床裙、桌套，每样一千二百件。

接着贾赦督率匠人扎花灯、烟火，"……园内各处，帐舞蟠龙，帘飞彩凤，金银焕彩，珠宝争辉，鼎焚百合之香，瓶插长春之蕊"。元妃到时只见："园中香烟缭绕，花彩缤纷，处处灯光相映，时时细乐声喧，说不尽这太平景象、富贵风流……只见清流一带，势如游龙，两边石栏上，皆系水晶玻璃各色风灯，点的如银光雪浪；上面柳杏诸树虽无花叶，然皆用通草、绸绫、纸绢依势作成，粘于枝上的，每一株悬灯数盏；更兼池中荷荇凫鹭之属，亦皆系螺蚌羽毛之类作就的。诸灯上下争辉，真系玻璃世界，珠宝乾坤。船上亦系各种精致盆景诸灯，珠帘绣幕，桂楫兰桡……进入行宫。但见庭燎烧空，香屑布地，火树琪花……"

这些文字绝无夸张，康熙二十八年第二次南巡时，南下舟过扬州，时为正月二十八。此时不是花季时，地方官要老百姓结彩欢迎，康熙事后曾下诏："顷驻扬州，民间结彩盈衢，虽出自爱敬之诚，不无少损物力。其前途经过郡邑，宜悉停止。"

书中元妃的心意与康熙也是一样的，省亲后说："……倘明岁天恩仍许归省，万不可如此奢华靡费了！"这句话后的脂批"……如此现成一语，便是不再之谶"符合吴世昌的推测，书中第三个元宵，作者原安排为元妃去世之时。

秋爽斋结社、拟菊花诗题、咏螃蟹都是大观园欢乐时光的顶峰。

海棠社、菊花诗
——齐备的三秋盛景

第二个中秋节并没有明写，而是在第三十七回起到四十二回，描写八月秋日景象，一气呵成。这是大观园落成后的第一个秋季，贾家仍是鼎食之家。大观园中才女们结了海棠社，办了螃蟹宴，题了菊花诗。

结海棠社众人都有了名号，李纨的"稻香老农"、探春的"蕉下客"、黛玉的"潇湘妃子"、宝钗的"蘅芜君"、宝玉的"绛洞花王"、迎春的"菱洲"、惜春的"藕榭"。

与海棠密不可分的史湘云，竟不在结海棠社的名单中。张爱玲认为宝玉称"绛洞花王"属极早期的文字，史湘云常在这些片段中消失。

后半回中，作者以宝玉突然想起，邀史湘云入社，并让她邀下一社，与薛宝钗为菊花诗拟题。

两人以菊花的种种喻三秋盛景：

宝钗以《忆菊》起首；

忆之不得，故访，是《访菊》；

访之既得，便种，是《种菊》；

种既盛开，故相对而赏，是《对菊》；

相对而兴有余，故折来供瓶为玩，是《供菊》；

既供而不吟，亦觉菊无彩色，是《咏菊》；

既入词章，不可不供笔墨，是《画菊》；

既为菊如是碌碌，究竟不知菊有何妙处，不禁有所问，是《问菊》；

菊如解语，使人狂喜不禁，是《簪菊》；

如此人事虽尽，犹有菊之可咏者，《菊影》《菊梦》二首续在第十、十一；末卷便以《残菊》总收前题之盛，让三秋的妙景妙事都有了。

三十八回史湘云起了"枕霞旧友"的号，写了三首菊花诗。明明白白贾宝玉以"绛"字勾选诗题，后回迎春誊录出来的署名，却成了"怡红公子"，最后林潇湘夺魁菊花诗，薛蘅芜讽和螃蟹咏。

不久刘姥姥又来了，她老人家吃到著名的茄鲞，还用妙玉成窑的杯子喝了一口旧年雨水泡的老君眉茶。刘姥姥离开前，替凤姐七月七出生的女儿，起了"巧姐"的名字。

不论繁复到可笑的茄鲞，一两银子一个的鸽蛋，王熙凤都不认识的软烟罗、霞影纱珍奇织品，还是妙玉那些既写不出字又念不出音的名贵茶具，及装模作样收集梅花上的雪水烹茶，都是一种特殊的文化，这种文化构筑在特殊的背景下，只有像曹家这样背景的人家能了解，此时也已到强弩之末了。

送别的元宵节
——未完成的中秋诗

三更时分，忽听那边墙下有人长叹之声……

恍惚闻得祠堂内，槅扇开阖之声。

只觉得风气森森，比先更觉凉飒起来……

书中第三个中秋出现在第七十五回。

中秋前一日，贾珍与妻妾赏月，命佩凤吹箫，文花唱曲，三更时分：

> 忽听那边墙下有人长叹之声。大家明明听见，都悚然疑畏起来……一语未了，只听得一阵风声，竟过墙去了。恍惚闻得祠堂内，槅扇开阖之声。只觉得风气森森，比先更觉凉飒起来；月色惨淡，也不似先明朗。
> 次日一早起来……细查祠内，都仍是照旧好好的，并无怪异之迹。

中秋夜饭后在凸碧山庄前赏月，贾政要宝玉做即景秋诗，并不许用那些冰玉、晶银等堆砌字眼。宝玉的重要中秋诗，书中是"……"字样，此中秋诗至雪芹去世都未完成，后面贾兰、贾环的中秋诗，也一样没写。

贾环见宝玉作诗受奖他便技痒，只当着贾政不敢造次。如今可巧传花到他手中，便也索纸笔来立挥一绝。贾政看了亦觉罕异，还半骂半夸哥哥是公然以温飞卿自居，如今弟弟又自比曹唐再世了。

此段内容实在怪异，以贾宝玉比为性倨傲放荡不羁、与李商隐齐名的温庭筠，尚符合宝玉个性，各回中都被贬的贾环，为何会在此回翻身，在严厉的贾政口中，竟然被喻为曹唐？

曹唐初为道士后还俗，还中过进士。曹唐志趣淡然，格调高昂，追慕古仙子高情，以游仙诗著称，完全无法联想到贾环。更怪异的是贾赦看了贾环的诗，竟然还连声赞好，说了："这诗据我看，甚是有骨气。想来咱们这样人家，原不比那起寒酸，定要'雪窗萤火'，一日蟾宫折桂，方得扬眉吐气。咱们的子弟都原该读些书，不过比别人略明白些，可以做得官时就跑不了一个官的……所以我爱他这诗，竟不失咱们侯门的气概……将来这世袭的前程定跑不了你袭呢。"

这段文字红学界迄今弄不懂，况荣国府爵位世袭，哪轮得到庶出的贾环？

庚辰本本回回前总批："乾隆二十一年五月初七日对清。缺中秋诗，俟雪芹。"乾隆二十一年岁次丙子，距己卯三年，到庚辰尚有四年时间，可能是中秋新词牵动《红楼梦》的结局，曹雪芹一直到去世前，都没构思完成把诗写出来。

"寒塘渡鹤影"对"冷月葬花魂",被认为是《红楼梦》中的经典句,也在最后一个中秋节预言了全书的结局。

冷月葬花魂

寒塘　海棠　高唐　棠村

史湘云在《红楼梦》中的大关键，是第三十一回《因麒麟伏白首双星》回目，许多红学家据此认为湘云最后嫁给了宝玉。《红楼梦》中有一对金麒麟，分属宝玉与湘云，赵同认为这个金麒麟系影射曹頫在康熙五十五年时，为皇九子胤禟所铸的金狮。曹頫必与胤禟有一定的交情，才会代铸金狮。

湘云六十三回其所占花签为"海棠"，第五回谶诗有"云散高唐"之句，"棠""唐"都与"禟"字同音，若湘云有所影射，极有可能是胤禟。

红学家王关仕以鸡头、红菱鲜果的季节，及书中其他日期推断史湘云生于八月二十四到二十七之间，胤禟的生日及忌日均在八月二十七。

胤禟并非如电视剧中那般不学无术，他是康熙最宠爱的宜妃之子，还懂拉丁文。

第七十六回中秋夜在凹晶馆外，史湘云与林黛玉联句中充满"酒尽""更残""虚盈轮莫定""魄空存""焰已昏"等词，处处显现悲凉的气氛。

著名的最后联句"寒塘渡鹤影，冷月葬花魂"像是曹頫对胤禟的挽联。

已知曹雪芹有个也参与《红楼梦》评述的弟弟号棠村，又与"禟"同音。这一连串的海棠、高唐、寒塘及棠村，或可算是曹頫对胤禟的一种悼念。

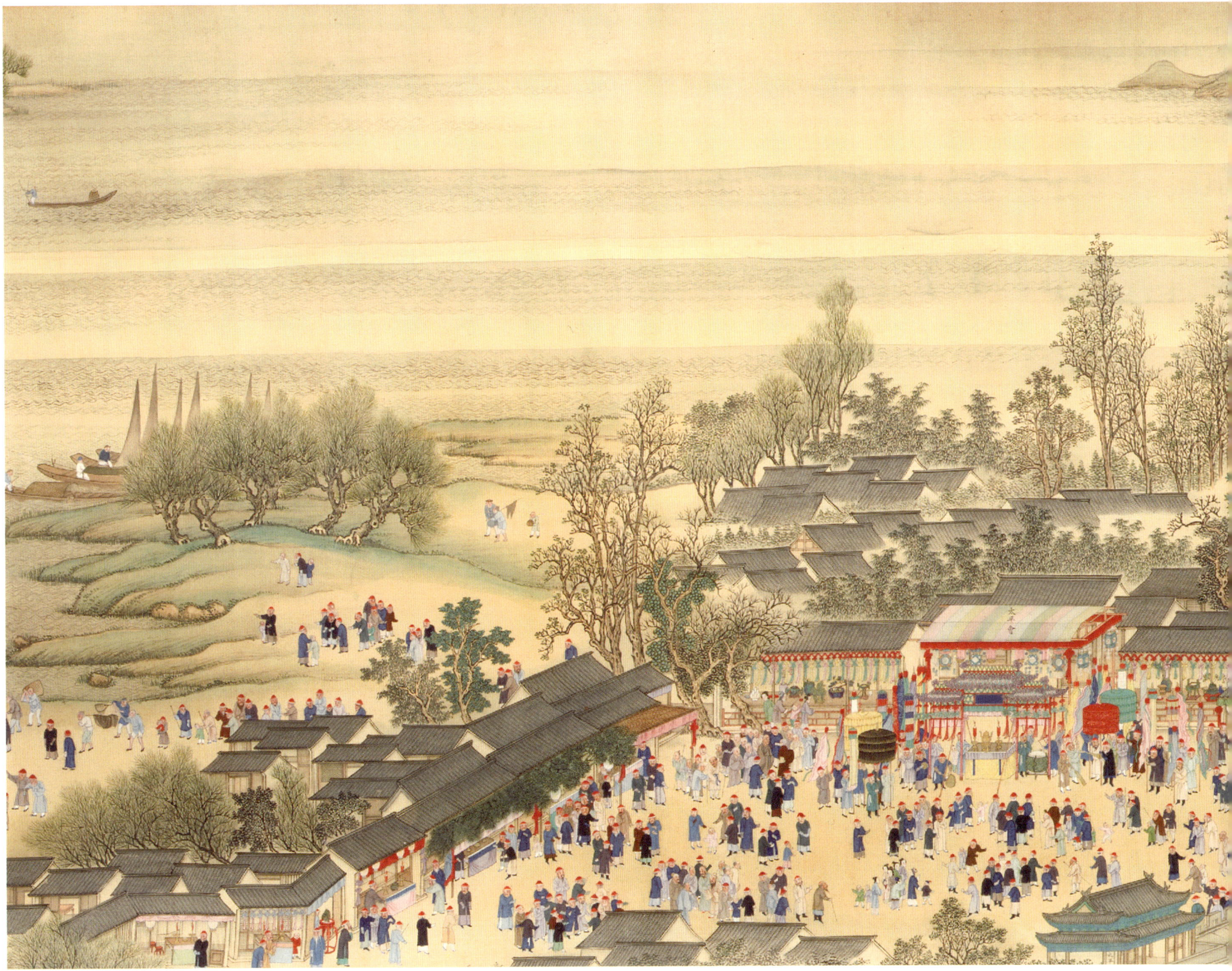

《康熙南巡图》江宁太平门外玄武湖侧的景色,为避玄烨名讳,地图上称元武湖。元妃就是玄烨吗?

第十一讲　俗眼难测的神机

　　想要读通《红楼梦》这本书，需要懂一点五行的基本知识。五行即木、火、土、金、水这五种元素，中国人认为宇宙是由这五种元素组成的，天地之间一切的一切，都可以归纳到五行之中。

　　五行间存在相生相克的关系，如同宇宙间万物的生克。简单地说，木生火、火生土、土生金、金生水、水又生木，如此循环不息；木克土、土克水、水克火、火克金、金又克木。五行还配五色，土色黄以勾陈为象征，其余木色青以青龙为象征，火色赤以朱雀为象征，金色白以白虎为象征，水色黑以玄武为象征。中国人又将五行设定为五个方向，东方木、南方火、中央土、西方金、北方水。

　　五行也代表四季，春为木、夏为火、秋为金、冬为水。既与季节相关，历法当然也有五行，中国独特的干支历系由甲、乙、丙、丁、戊、己、庚、辛、壬、癸十组天干，及子、丑、寅、卯、辰、巳、午、未、申、酉、戌、亥十二组地支，顺序交互组成。因天干地支均为一阳一阴顺序，每一组干支均为阳阳或阴阴的组合，共得由甲子到癸亥六十组干支，称六十年为一甲子。

　　天干的五行中甲乙属木、丙丁属火、戊己属土、庚辛属金、壬癸属水。地支原则与季节相同，辰戌丑未属土外，寅卯属木、巳午属火、申酉属金、亥子属水。

　　六十干支的应用非常早，殷商的甲骨上都以十天干纪日，到东汉光武帝建武三十年（公元54年）改太岁纪年为干支纪年，这年为甲寅年，到2020年为庚子年，迄今从没间断。

　　到唐代太史局御史天文学家李虚中整理归纳，干支历系统才建立完备。五代宋初的徐子平改以日干支为主，大幅提升了准确度。精通五行易理的王明雄教授，对《红楼梦》亦非常有研究。他的网站有《红楼梦论坛》专栏，刊载多位红学家的论述。他认为《红楼梦》这书"有俗眼难测的神机"，读者若不懂得一些数术，是无法一窥其鬼斧神工之造化的。

宝玉与妙玉听黛玉抚琴悲往事，是汪圻所绘八十回后的情节，宝玉与黛玉是心灵相通的。

木石前盟

《红楼梦》中诗词、名称、场景
及时间都与五行相关，
最重要的五行，当然是宝玉、黛玉及宝钗三人间的木石前盟及金玉良缘。

木石前盟是绛珠草与神瑛灌溉之恩与还泪的盟约，木是黛玉而石是宝玉，红楼梦曲薛林两人的《终身误》以"都道是金玉良姻，俺只念木石前盟……"开场。

书中再次提到木与石是第二十八回，元妃端午节赐下赏礼，仅宝玉与宝钗两人的相同，宝玉将自己所得到的送去给黛玉挑选，黛玉并不领情，反而说了"……比不得宝姑娘什么金什么玉的，我们不过是草木之人"的酸话，让宝玉不得不强调，什么金、什么玉都是别人说的，他心中除了祖母与父母，第四个重要的人就是林黛玉。

第二十九回黛玉又因宝玉在道观，取了与史湘云一样的点翠金麒麟，引发金玉好姻缘之争辩，这次宝玉以不惜砸碎玉以明志，两人仍以大大哭闹收场。

第三十六回中，作者让宝钗听到宝玉在梦中喊骂："和尚道士的话如何信得？什么是金玉姻缘，我偏说是木石姻缘！"证实了在宝玉的心中，确实是重视木石前盟的。

木的五行当然就是木，石的五行按中国阴阳学的算法并不属土，却是属金。因金是克木的，不论木金或木石，虽有前盟，亦难成就良缘。

黛玉姓林有双木，黛是黑色，内又含黑字，黑象征壬癸，水可生木，再加上她的生日在仲春卯月的二月十二，是民间所谓的百花生日，每一象征都

石在五行属金，木金是相克的，木石前盟注定是没有前景的。

代表了旺盛的木元素。若日主又是木日，就是八字木旺之命，符合原是绛珠仙子的草本木质。即使出生的日时都没有木，这个命格仍是由木来主导的。

贾宝玉是不是林黛玉的真命天子呢？

书中虽无贾宝玉确切的生日，除暗示他可能生于四月二十六外，从第六十三回看来，他是生于夏日的。夏日出生者火旺，他又自称女人是水做的、男人是土做的，火生土，而土与木相克。

神瑛之瑛是玉石，也就是石，石在五行上属金，衔玉而生之玉又属金。贾宝玉涵括了火（夏日生）、土（男人）、金（石与玉）三者，代表火泄木气、木克土、金又克木，所以贾宝玉不是林黛玉的真命天子，只能是林黛玉命中注定的冤家克星。

花木飘零

饯花之期是春末送春之时，林黛玉的经典章节《葬花》词，

正是此由春到夏、由木转火的时分，

春末她的运势转弱，而感慨：

"……试看春残花渐落，便是红颜老死时。

一朝春尽红颜老，花落人亡两不知！"

王明雄认为曹雪芹在写作之时，必有真实的人物运命做参考，才能把全书重要人物相互间的生克安排得如此丝丝入扣。

他参考清代点评家姚燮的推测，全书是描述辛亥、壬子、癸丑三年之事，则辛亥年十三岁的林黛玉当生于康熙五十八年己亥，二月是丁卯月，黛玉的生日十二日，正是木旺之乙卯日，这个八字的年、月、日都属木，是木旺极致的命。

八字的五行有一个元素独旺，称之为从旺格，即不再以五行平衡为好运势，而以遇到此一元素旺盛为好运。

因为不追求平衡，从旺格者的人格特质都较偏执，这点是符合林黛玉的描述的。从旺格者遇到其所属的流年大发，遇到不喜欢的大运流年时灾祸特重。所以木旺的黛玉遇到火土金年不会走好运，遇到的属于火土金命格者不是她的贵人。

木命者金为"官"，即夫星，此命年月日三柱均不见夫星，是孤克忧郁及无夫妻缘的命格，属火土金命的贾宝玉，更不会是她的良人。

王明雄指出书中黛玉每到秋分一定生病，第四十五回写道秋分后必犯嗽疾，忌秋天必也忌金。黛玉所写的《秋窗风雨夕》词，亦处处显现伤秋的哀愁："秋花惨淡秋草黄，耿耿秋灯秋夜长……"

七十回写到仲春时分，林黛玉改掉海棠社社名，重建桃花社，并任社主，更证实了她喜春恶秋的运势，只是桃花社苦短，仅林黛玉自己写了一篇《桃花行》后，就被探春生日的庆祝活动打断，到春末时已无桃花踪影了。

不久史湘云发起咏柳絮，薛宝钗写了"好风频借力，送我上青云"的豪情之句，相对黛玉所写的《唐多令》众人都觉得太悲了。也许作者安排这年的秋天林黛玉就要病逝，不久宝钗嫁给了宝玉。

黛玉之词：

粉堕百花洲，香残燕子楼。一团团，逐对成球。飘泊亦如人命薄，空缱绻，说风流。

草木也知愁，韶华竟白头！叹今生，谁舍谁收？嫁与东风春不管，凭尔去，忍淹留。

金木恶缘

喜旺木的林黛玉进入大观园犯旺，
引起一连串金木两败的悲剧，
金木恶缘才是《红楼梦》的主题。

王明雄认为《红楼梦》书中，不仅只强调林黛玉属旺木之命，其他主角的五行大都不是木命就是金命。被认为是林黛玉分身的晴雯，死于被逐出大观园的中秋之后，她成为芙蓉花神。第六十三回黛玉抽到芙蓉花签，晴雯死被认为是预告黛玉死亡的征兆。

《红楼梦》的另一重要人物王熙凤，生日为九月初二，季秋之初仍是旺金之时。她的名字有"凤"，暗示她可能属鸡，鸡年地支为酉金，九月初若尚未交寒露节气还算是酉月，日主若再逢金日，就是极旺之金。

后四十回，王熙凤的掉包计拆散了木石前盟，应不是曹雪芹的本意，但王熙凤在前八十回的种种作恶，是间接导致贾家被抄败亡的主因。

以王熙凤坑杀尤二姐的过程为例：因二姐成为贾琏的侧室，被王熙凤设计搬入贾府，第六十九回形容二姐是"花为肠肚，雪做肌肤"，显然是木质命。协助凤姐羞辱二姐的秋桐是金木相克的名字，最后尤二姐选了吞金的死法，了结了这一段金木恶缘。

书中另一段金木恶缘，作者原计划夏金桂虐待香菱致死，用的也是金木相克恶缘。夏金桂名字有金，桂有木、有土，桂花盛开于秋日，是一个标准的旺金之命。作者暗示香菱与林黛玉神貌相似，她原名不论莲或菊都是草木，她应该也是一个木命人。

更吊诡的是，在迫害香菱的过程中，夏金桂所利用的丫鬟名宝蟾，与凤姐用的秋桐是一样的。月宫中有蟾蜍传说，是克木的秋气。只是作者尚未写完这段故事就去世了，香菱在续书中并未亡。

第三十六回描述黛玉与湘云看到怡红院内的宝钗与宝玉，宝玉在梦中不要金玉良缘，偏说是木石前盟。

金玉良姻

金玉良缘是常用来形容美好姻缘的词汇，
金与玉都属金，
贾宝玉不要的金玉良姻，
是他与薛宝钗的因缘。

薛宝钗姓薛，谐音为雪，名字中又起了金字边的钗字，生日正月二十一在寒冷的初春，书中描写她住雪洞一般素净的房间，却从胎里带来热毒之症，需要常常服用冷香丸，真是个奇怪的组合。和尚所提供的冷香丸的偏方，用象征金的白色来克泻火的热毒，是《红楼梦》中五行的应用。

薛宝钗的日主应该仍是金，生在初春又带旺火的金是弱金，小时候和尚给了錾有"不离不弃、芳龄永继"的黄金璎珞，用的正是以带金饰来弥补弱金的方式。再用象征冬水的冷，浇熄寅月的长生火，使火不去熔金。综观之，薛宝钗是弱金喜金水的命格。

宝钗丫鬟莺儿听到通灵宝玉所镌"莫失莫忘、仙寿恒昌"八个字，说出："我听这两句话，倒像和姑娘项圈上的两句话是一对儿。"而薛宝钗也知母亲对王夫人曾提："金锁是个和尚给的，等日后有玉的方可结为婚姻。"宝钗对金玉良姻并非热切期盼的，她有时远着宝玉，还庆幸宝玉被黛玉缠绵住。

宝玉虽偏要木石前盟，对金玉亦非全然排斥，如同黛玉说他："……见了姐姐，就把妹妹忘了。"看到宝钗雪白酥臂上的红麝串，请她取下来借看，同时他想到金玉之事，再看到脸若银盆、眼同水杏的宝钗不觉就呆了。

第二十九回中，宝玉听到点翠金麒麟史湘云也有，一面揣着一面拿眼睛瞟人，却被尖眼的黛玉瞧见，后来闹得天翻地覆。金玉良姻不只是贾宝玉与薛宝钗，还可暗指宝玉与史湘云，许多红学家相信，曹雪芹的原著中，他娶的妻子是史湘云，是另一种金玉良缘。

第二十八回宝玉看到宝钗酥臂上的红麝串，同时想到金玉之事，宝玉对金玉良缘亦曾有所绮想。

红楼纪历

《红楼梦》中确有不少似是真实的事件，
如康熙四十七年太子胤礽被魇镇所害，
若要把这年硬套到贾宝玉被魇镇之年，
是不可能契合的。

　　《红楼梦》自清代传世起，即有好事者认为书中所书各事都是真实的，因而都可以找出发生的真正时间。书中年代及地点一贯是模糊的，第十三回替贾蓉捐龙禁卫有"……祖，乙卯科进士贾敬……"之句。曹雪芹有生年间只有一个乙卯年，就是雍正十三年，这年雍正似是服丹药暴毙。若不从贾敬影射雍正的索隐角度来看，只能说乙卯木年能得功名的贾敬，不顺其五行所喜的木，反去烧丹炼汞守庚申，走旺金之路，当然是一条死路。

　　点评《红楼梦》的大某山民姚燮认为，元妃省亲写的是壬子年间事，并将书中每回事分定在某年某月，干支历的顺序壬子后依序是癸丑、甲寅、乙卯。第九十五回写到甲寅年底交乙卯立春后元春去世，姚燮自认是丝丝入扣。

　　曹雪芹短暂一生所经历的壬子年，只有雍正十年。只是雍正十年曹家是在极大的困苦中，何来省亲那么大的场面。

　　红楼纪历周汝昌以贾宝玉一年为基础，也有红学家将真实的历史事件套入《红楼梦》，如第二十五回宝玉被"魇魔法逢五鬼"，他们认为正合康熙四十七年太子胤礽被魇镇事件。因小说中写一僧一道见到宝玉后提到"青埂峰一别十三年"之句，当时贾宝玉十三岁，所以他们认为宝玉生于康熙三十四年。索隐派早早主张过贾宝玉是影射胤礽，胤礽生于康熙十三年是记载在《清史稿》中的事实。

　　符合了魇镇事件，就会不符省亲时间，符合省亲时间又不符曹家枯荣，再加上《红楼梦》原本时序混乱，朱淡文等红学家都认为是增删过程中浓缩了原来故事所造成的，想要纪历一定是兜不上的事件比符合的多。

姚燮深信《红楼梦》是按真实事件的时序所写，这是费丹旭画的他的图像。

第十一讲　俗眼难测的神机

159

虎兔相逢大梦归

虽后四十回对红学属研究上的鸡肋，
元妃谶词"虎兔相逢大梦归"句，
在第九十五回给了元妃死于卯年寅月的解答，
而成为红学家讨论元妃的核心。
想读懂这段需先了解，干支历年的分界点在立春节气，
立春与阴历正月初一不一定是同一天。

《红楼梦》中最重要的五行，属论元妃八字及元妃去世的段落。根据第八十六回算命所说："……甲申年正月丙寅……这日子是乙卯。初春木旺……独喜得时上什么辛金为贵，什么巳中正官禄马独旺，这叫作飞天禄马格……可惜荣华不久，只怕遇着寅年卯月……"

这个八字就是甲申、丙寅、乙卯、辛巳，续书者从官格论之，这个乙卯日与林黛玉的不同，虽是初春的旺木，但没克木的土，反而有生木的水，虽有克金的木，但旺木不怕有火制的金，可以把算命者所称赞"日禄归时"的辛金看成喜神。若如算命所说时柱的金是喜神，旺木流年一到大梦归，又是金木恶缘。

元妃薨逝于十二月十九，书中说明甲寅年的十二月十八日已交乙卯立春节气，所以元妃算是乙卯年去世。生于甲辰年，若逝于甲寅年是活了三十一岁，若算作乙卯年则多活一年，存年可得三十二岁，书中却说她享年四十三岁，这是明显的错误，隐藏了不少的红楼密码，是另一个层次破解的问题。

康熙逝于壬寅年的十一月十八，次年雍正元年为癸卯。雍正则逝于雍正十三年八月，这一年是乙卯年。这连续的两个虎兔相逢之间的十四年，正是曹雪芹家族"风刀霜剑严相逼"与"繁华如梦"的运命。

玄武湖与台城的景色，看得出三百余年的变化吗？

真实人物的生辰与八字

《红楼梦》中写明生日日期的主角，
都有些特殊的真实人物可以对比。

《红楼梦》中林黛玉的生日与曹寅的弟弟曹宣相同。曹宣出生于康熙二年（一说为元年），八字为癸卯年乙卯月辛亥日。这个命虽生于金日，年天干癸是水，日地支亥是水与木长生之地，其余各柱都是木，是木旺到至极的春弱金命，这个金是克不动旺木的。此命与林黛玉喜水木忌金的格局一样，可说就是林黛玉的八字。

现实中曹宣一生仕途并不得意，无法与哥哥曹寅几乎是皇帝最宠信的近臣的境遇相比，他的重要工作之一，就是管理王翚领衔所绘的《康熙南巡图》。

曹寅的名字中有一寅字，他生于顺治十五年的九月初七，这天的干支历为戊戌年壬戌月辛丑日，八字是非常旺的秋金。推测生于寅时而有曹寅之名，他的生时就是庚寅时。第二十六回薛蟠将春宫画上落款的"唐寅"看成"庚黄"，是否是为曹宣黑了曹寅一下？

曹寅对比于曹宣，确实有些像宝钗与黛玉，前者符合世俗所有成功的标准。曹宣死于康熙四十七年戊子，是土水相克的一年。他唯一胜过哥哥的就是子嗣旺盛，过继给曹寅的第四子曹頫，极可能就是雪芹的父亲，曹宣也成为曹雪芹的亲祖父。

《红楼梦》中另一个与实际人物生日相同的人士是生于五月初三的薛蟠。这天与康熙废太子胤礽的生日是同一天，胤礽生于康熙十三年，这个八字为甲寅年庚午月丙寅日癸巳时，是火旺到极点的八字。

康熙皇二子胤礽（1674—1724）是皇后赫舍里氏所生，出生一年后即被册封为太子，却在1708年、1712年两度被废，最后死在禁所。

太子习气奢侈、暴虐淫乱，类有狂易之疾，亦即他被废黜的原因。加上他贪婪敛财无数，曹家与李家都被他搜刮数万两，还公然殴打曹寅的女婿平郡王纳尔苏。胤礽九月被废，被囚禁到雍正二年底去世。胤礽大抵行运不利都在金水的流年，被废出事亦多在冬月天寒地冻之时。

伏

《红楼梦》中对小人物追求情爱心境的描述，并不输宝黛的木石前盟，被认为经典的是第三十回《椿灵画蔷痴及局外》中，神情似黛玉的小旦龄官，心许的对象不是贾宝玉而是贾蔷。

这回细腻的心境描述，也让贾宝玉体悟到每个人都情有专属。

盛暑天宝玉看到一边拿簪子写"蔷"字，一边悄悄流泪的龄官，此时"伏中阴晴不定，片云可以致雨"，落下一阵雨来。

"伏"是一种特殊的秦文化，有一定的五行规则，伏有被降服的意思，源自五行金被火克的生克关系。中国人虽以夏至命名太阳直射北回归线的这一天，但知道这并不是一年中最热的一天。夏至之后的太阳热气，渐渐地在地面累聚，伏就是所聚热气潜伏的意思。

夏至后的第三庚日是初伏，燠热的时候不能吃冰，伏日的习俗要吃热汤、热面。二伏则为初伏后十天，即下一个庚日。末伏是立秋后第一个庚日，这段炎热日子称为三伏天。

伏字由人与犬二字组合，战国时秦国以狗血除暑毒蛊气，算是特有的风俗。

西方社会称夏天最热的时节为狗日，这段狗日的时间约在七月底到八月初之间，正好是东方人的三伏天。此一习俗源自埃及。埃及的一年始自天狼星与太阳一同升起时，约在现阳历的八月初。埃及人称天狼星为Sirius，意思是水上之星，此时亦是尼罗河要开始泛滥的时候。

罗马人称天狼星为大犬座，秦人开始过伏日的年代，罗马人尚未兴起，伏日究竟是外来文化还是秦影响了罗马？不得而知。

大观园小旦龄官长得貌似黛玉，她在地上写"蔷"字，在三伏阴晴不定的大雨中，贾宝玉悟出了情是各有归属的。

屠维作噩

"屠维作噩"表示己酉年，
如果文人落款时不会用"屠维作噩"这种深奥的词，
就表示他与庶民一样，学问不够广博。

《红楼梦》九种主要手抄本中，舒序本因书前有乾隆五十四年舒元炜之序而命名，舒元炜序之落款"乾隆五十四年，岁次屠维作噩……"因确为其亲笔，且署年早于程本，红学家认为，舒序本是唯一确切传抄于程本前的抄本。

落款中"作噩"二字表示的是太岁纪年，是东汉改干支纪年前最重要的纪年法，而"屠维"是这一年的天干。

太岁纪年源于中国极早的岁星纪年，岁星就是木星，绕太阳一周天约十二年。古人将黄道分成十二星次，如同西洋星座的十二宫，木星约每年走一星次，其时间称为一岁。后因中国人不习惯木星由西向东运转，而另虚设一与木星对应的由东向西的星，称太岁星，并改为太岁纪年。

太岁纪年以太岁名来称这年，以寅年的摄提格为首，依次为：单阏、执徐、大荒落、敦牂、协洽、涒滩、作噩、阉茂、大渊献、困敦、赤奋若。其中在第八序位正是"作噩"年，即酉年。

太岁表达了地支，十天干名称见《淮南子》天文训所列，从在甲年称阏蓬、在乙曰旃蒙、在丙曰柔兆、在丁曰强圉、在戊曰著雍、在己曰屠维，随后在庚曰上章、在辛曰重光、在壬曰玄黓、在癸曰昭阳。屠维作噩是己酉年。而2008年是戊子年，戊曰著雍、子是困敦，落款"著雍困敦"才是读书人。

> 岁阳
> 太岁在寅曰摄提格、在卯曰单阏、在辰曰执徐、在巳曰大荒落、在午曰敦牂、在未曰协洽、在申曰涒滩、在酉曰作噩、在戌曰阉茂、在亥曰大渊献、在子曰困敦、在丑曰赤奋若载岁也夏曰岁商曰祀周曰年唐虞曰载

嘉庆六年所印《尔雅》中列有各岁的名称。

164

第十二讲　节气

二十四节气为我国所特有，许多人都误以为是阴历，事实上二十四节气起始于冬至，以冬至到冬至为一循环。周朝以前即知两个冬至间是三百六十五又四分之一日，为一个太阳年，最早二等分有冬至与夏至；继而四等分多了春分、秋分；战国时加了立春、立夏、立秋、立冬的四立；汉朝初二十四节气才齐备，是不折不扣的阳历。为了符合过去民间通行的历法，会换算成阴历的交节气日，刊印在每年的历书上。

将一个太阳年平分为二十四等份，因为无法除尽，每一节气约十五日有余，所以任何一个节气，每年交节的日子与时刻均有些微不同。再换算成阴历更是差之千里。阳历立春总在二月四日前后，冬至都在十二月二十一日左右。阴历每一节气各年相去甚远。

以芒种为例，可知阳历相近而阴历相异：

康熙四十五年四月廿六申时（1706/6/6-15:29）

康熙四十九年五月初十未时（1710/6/6-14:25）

希望红学家看到《红楼梦》中特定节气后，能根据这样特殊的线索，找出一些端倪。

《红楼梦》中还有许多回提到节气，描述冷香丸的第七回，提到春分、雨水、白露、霜降及小雪等。四十五回说到每岁至春分、秋分后，黛玉必犯嗽疾。第六十三回的花签有关的花事，是从小寒起，经大寒、立春、雨水、惊蛰、春分、清明到谷雨的八个节气，每个节气再分三候，每候由一种花开为代表的二十四番花信风。所谓五日一候，二十四节气再衍生出七十二候，不懂七十二候的腐草为萤，就猜不出第五十回李绮的一字谜"花"与"萤"为何互为谜面谜底；更不会知道同回李绮姐妹有关"灰琯"的联诗说的是什么。

《红楼梦》中节气的信息非常多，有红学家认为《红楼梦》是一本依照节气所撰写的书籍。能体会"交节换气"的奥妙，更能探索在作者更深层的思绪中，才能将隐藏在假语后面的真事呈现出来。

二分二至

汉朝以前的节庆，以二分二至与四立这八节为主。
八节的重要活动是冬至祭天、夏至祭地、春分祭日、
秋分祭月、立春迎春、立夏迎夏、立秋迎秋、立冬迎冬。

冬至

冬至这天太阳直射南回归线，北半球日影最长，最容易观测，因而成为许多原始民族天文台测影观象的标的。

冬至这天昼最短，过了这天白天转换变长，同时天地间阳气跟着增加，民间有冬至一阳生的说法，冬至是一个循环的起始点。

《红楼梦》十一回讨论秦可卿病情时，出现"这年正是十一月三十日冬至"之句，红学大师俞平伯最早以《红楼梦的著作年代》一文，希望以此来推断作者写书的时间、故事发生的年代，以期能对书中是否涉及真实历史事件予以澄清。他查得乾隆十年十一月二十九夜子初二刻八分冬至，认为印证此回写于乾隆十年。俞平伯漏看了乾隆二十九年的历书，这年的十一月三十日也近冬至。若曹雪芹死于这年暮春，因历书前一年已颁定，改稿时依历书写下这年冬至，并不是没有可能的。

时序混乱是研究红学不可不知的烂摊子，第十一回前后更是红楼纪历的大烂账，可能只是为配合民间冬至是大关口的历法，加了冬至之句。

冬至并不是一年最冷的一天，而是真正冷凛的开始。

夏至是赤日当空，树荫合地。

夏至

冬至日影最长而夏至日影最短，尤其是夏至前后的正午时分，几乎看不到影子。第三十回提到"赤日当空，树阴合地"，许多红学家都认为，此一景象似夏至日。

描述树阴合地后，又有"原来明日是端阳节……"之句。

清初时，端午节已是夏季最重要的节日，端午又称端阳，说明此时阳气已极盛，端午节每逢闰二、三、四月之年，会极接近夏至日。第三十一回，接续写了不少端阳即景：

> ……这日正是端阳佳节，蒲艾簪门，虎符系臂。午间，王夫人治了酒席，请薛家母女等赏午。

当天因为接近节日，优伶文官等十二个女子，都来到大观园各处玩耍。下大雨后大家把沟堵了，积水在院内，再把些绿头鸭、彩鸳鸯捉赶放在院内玩耍。因院门关了，袭人等又都在游廊上嬉笑，听不见淋了雨回来的宝玉叫门，宝玉因而迁怒踢了袭人一脚。

书中这日贾宝玉闯的祸还不止于此，当天他还闯了更大的祸事，害金钏因不甘心被逐，跳井而死。

乾隆十一年，夏至与端午正是同一日。这年的夏天，一定是个不祥的夏天，发生了许多令曹雪芹难忘的事件。

不久贾宝玉就为了金钏的死，挨了贾政一顿毒打。

春分　秋分

春分这天昼夜等分，所以天地间阴阳气也等分。过了春分后阳气日盛、阴气渐消，是春暖花开的好时光。一般民间相信，非致命性的疾病，只要能熬过冬至，春分后就有痊愈的希望。这也是《红楼梦》第十一回中借着两个节气，所想传递的信息。

秋分与春分一样昼夜等分，古名一个为日中，另一个是宵中。过了秋分后，阴气日盛、阳气渐消，《红楼梦》第四十五回写道：

> 黛玉每岁至春分秋分之后，必犯嗽疾；今岁又遇贾母高兴，多游玩了两次，未免过劳了神，近日又复嗽起来……宝钗道："……不如再请一个高明的人来瞧一瞧，治好了岂不好？每年间闹一春夏……不是个常法。"……

但薛宝钗也有她自己的问题与烦恼。

河南登封告成的观星台，为1218年元郭守敬所建最大的天文设施，他以此测得冬至到下一冬至间一回归年为365.2425日。较1582年颁行至今的格列高利历，亦以一回归年为365.2425日为基准，早了364年。

冷香丸

牡丹花薛宝钗是"任是无情也动人"。

冷香丸是薛宝钗的象征，也是《红楼梦》中最神秘的药丸，描述冷香丸的制作过程的第七回，是《红楼梦》中最早出现二十四节气的一回。依次提到相关的节气是春分、雨水、白露、霜降和小雪。

冷香丸药料简单，但取得可要"巧"，包括：春天开的白牡丹花蕊十二两、夏天开的白荷花蕊十二两、秋天开的白芙蓉花蕊十二两及冬天开的白梅花蕊十二两。将这四样花蕊于次年春分这日晒干，一齐研好。又要雨水这日的雨水十二钱、白露这日的露水十二钱、霜降这日的霜十二钱、小雪这日的雪十二钱，混合制成药丸。

这几个节气中，雨水在立春后，是春雨绵绵润泽农田的时分。白露在秋分前、处暑后，此时秋凉，清晨叶面上可见凝结的露珠；半个月后秋分秋冷，再半个月露水已成为寒露了。寒露后露水不见，清晨叶面薄霜，秋冷变成秋寒就到了霜降的节气。霜降后立冬，再下面就是小雪，华北地区开始飘雪。

冷香丸所需的材料是白色的花蕊及透明的水，节气的雨水、白露、霜降、小雪，代表水的各种形态。五行冬天及北方属水，薛与雪同音，虽是杜撰出来的药，作者仍是强调宝钗的冷与香。

大多数读者认为宝钗冒名顶替嫁给宝玉，都不喜欢她。曹雪芹原来并无"左钗右黛"的意图，程乙本增删不仅涉及情节内容，更改易了某些主角人物的性格、言语及行为，其中最大的受害者，就是薛宝钗。

作者原先对薛宝钗的评价非常高，可由被认为是预言各金钗命运的第六十三回《寿怡红群芳开夜宴》看出：

宝钗便笑道："我先抓，不知抓出个什么来。"说着，将筒摇了一摇，伸手掣出一根。大家一看，只见签上画着一支牡丹，题着"艳冠群芳"四字，下面又有镌的小字，一句唐诗，道是：

任是无情也动人。

这段文字是作者对宝钗的高度肯定，评价几近满分。此时没有聆听芳官唱曲的宝玉，"却只管拿着那签，口内颠来倒去念'任是无情也动人'……"。

俞平伯认为，薛宝钗终将入主怡红，故抽得花王之签，而且座位也是第一座，相对黛玉坐在一角。不久轮到林黛玉抽花签，抽到芙蓉花时，宝玉完全没有反应或关切，还不如麝月抽到著名的"开到荼蘼花事了"。

"若教解语应倾国，任是无情亦动人"是唐朝诗人罗隐咏牡丹的诗。作者想描绘宝钗虽世故，但"面热心冷"才会引用了这么一句唐诗。

牡丹花开富贵是薛宝钗抽到的花签，与她的冷香似是矛盾。

洛阳独有的名品牡丹"姚黄"，色近浅象牙，一花号称千瓣。

神秘的冷香丸以"白"与"水"为象征。

芒种

《红楼梦》仅对二十四节气中芒种日有生动的描述，
第二十七回述说四月二十六日这日未时交芒种节，
红学家认为这天是曹雪芹自己的生日。

芒种一过便是夏至，天气开始炎热。《红楼梦》第二十七回写芒种日送春，唯江南送春在谷雨，比芒种早一个月，这明显写的是北方的节候：

> 尚古风俗，凡交芒种节的这日，都要设摆各色礼物，祭饯花神……众花皆卸，花神退位，须要饯行。然闺中更兴这件风俗，所以大观园中之人，都早起来了。那些女孩子们，或用花瓣柳枝编成轿马的，或用绫锦纱罗叠成干旄旌幢的，都用彩线系了。每一颗树上，每一枝花上，都系了这些事物。满园里绣带飘飘，花枝招展。更兼这些人打扮得桃羞杏让，燕妒莺惭……

春残花落祭饯花神送春，是闺阁习俗。过去岁末送神时，焚烧以黄纸印的舟、马、轿称为甲马或云马，让诸神乘坐返回天庭。既是送花神，自是用花瓣柳枝来编成轿马，比纸印的恰当。干旄旌幢除了为花神轿马回天庭壮行色，更点缀了花落后的大观园。

但第二十七回前后的时序是混乱的，林黛玉夜访怡红院吃了闭门羹，不顾"苍苔露冷，花径风寒"在墙边哭泣，次日如何会变成四月二十六？此时露冷风寒看来天气尚凉，薛蟠竟然有粉脆鲜美的夏瓜秋藕款待宝玉等人，还提到"明儿五月初三是我的生日"之语。

芒种节气是开始种有芒的作物，或作物出芒，这个节气因《红楼梦》中再三提到四月二十六日这天，及这天未时交芒种而引起注意。

薛蟠此宴，冯紫英曾说"多则十日，少则八天"后回请。到第二十八回他果然回请薛蟠及宝玉等人。这天宝玉遇到他心仪已久的琪官，导致宝玉在后回中，为琪官挨了贾政一顿毒打。宴后数日应当是五月中旬，为何又成了五月初一？贾府上上下下来到清虚观打醮。观中张道士提起："……前日四月二十六日，我这里做遮天大王圣诞……"在这些"理还乱"的时序中，四月二十六日似是特殊的，反复地出现，不断被提起。周汝昌认为这天是贾宝玉的生日，也就是曹雪芹的生日。

现实中，康熙四十五年、雍正三年都是四月二十六日交芒种，迄今红学界还没找到这两天与《红楼梦》的相关联。

灰琯、萤、七十二候

《红楼梦》最令读者疑惑的，
是为何这些姑娘小小年纪，竟上通天文下知地理，
诗句中连北斗七星、二十四节气及衍生出的七十二候都能融入。

第五十回《芦雪广争联即景诗》内，描述宝玉与众姐妹，相聚于芦雪广饮酒赏雪，大家争联即景诗。李绮上联、李纹下联是"葭动灰飞管，阳回斗转杓"。描述的即景是非常非常生僻的天文知识。

灰琯

灰琯是古代"候验节气"的器具，也就是可以测出何时立春、何时谷雨节气的仪器。葭是芦苇，将其茎中薄膜烧制成灰，放在十二乐律的玉管内，到某一节气时，相对应的那支律管内的灰，就会因感应到气动而飞动。整句诗是说明，候管内轻若鸿羽的葭灰，感应到地气微动。

下联的斗与杓，是古人观测北斗七星，以斗柄所指方向判断季候。

萤

第五十回后段《暖香坞雅制春灯谜》中，李绮在贾母的吩咐下，制作了两个灯谜，是一个字"萤"字的谜面，谜底也是一个字……

中原地区的桐花是浅紫色，与白色油桐一样都是清明前后盛开。紫藤亦为常见的春花。

众人猜了半日，宝琴笑道："这个意思却深，不知可是花草的'花'字？"

李绮笑道："恰是了。"

众人道："萤与花何干？"

黛玉笑道："妙的很！萤可不是草化的？"

《红楼梦》最短的一字谜面正是"萤"字，不了解节气、不知七十二候是无法猜出这个灯谜的。七十二候简单地讲，是将二十四节气再细分每五日一候，更可看出草、木、虫、鸟、鱼、兽一年内的七十二变。

战国时，一年分四时十二月已底定，但每个月内自然的变化，承袭长久以来的自然观察文化，约略形成七十二候的雏形。以夏季最后两个节气小暑及大暑为例，下分六候是：温风始至、蟋蟀居壁、鹰乃学习、腐草为萤、土润溽暑、大雨时行。

古人看到萤火虫飞出来，不明白萤火虫要经过蛹的阶段，误以为萤火虫是腐草所变化而来。"花"字正好可拆解为"艹""化"两部分，配合七十二候"腐草为萤"，若以"花"字为谜面，则谜底就是萤。

反之，若谜面是"萤"字，谜底就是花了。

二十四番花信风

一年四季都有花开，有的花季很长，
而二十四番花信风的花开与花落，
都与季候有密切关系。

小寒：梅花　山茶　水仙
立春：迎春　樱花　探春
惊蛰：桃花　棠棣　蔷薇
清明：桐花　麦花　柳花

大寒：瑞香　兰花　山矾
雨水：菜花　杏花　李花
春分：海棠　梨花　木香
谷雨：牡丹　荼蘼　楝花

一个时辰是两小时，六十个时辰正好是五日，由甲子时起到癸亥终，天地间五行的循环尽毕，古人认为天候亦已改变。因而每隔五日所开的花也会不同，所谓"风应花期，其来有信"。

二十四番花信风就是由小寒起每候五日，以一花之风应之。六朝时的著作《荆楚岁时记》有"始梅花，终楝花，凡二十四番花信风"之说。到南宋程大昌淳熙七年所著《演繁露》一书，已详列这些花名及排序。

为何只有小寒到谷雨八个节气？是因为小寒梅花初放始有花开，而到谷雨是春末，不再有应风信而开的花。

春分最后一候的木香，属蔷薇科攀爬的花，有淡淡的清香。

二十四番花信风中小寒的山茶、水仙及不常见大寒的瑞香。

开到荼蘼花事了

小寒到谷雨的八个节气，
由寒天冻地的小寒节气中绽开的梅花开始，
到谷雨节气后就要立夏了。

《红楼梦》中有多回预言各主角未来的命运，第六十三回《寿怡红群芳开夜宴》中借着花签的描述，最为凄艳及精美。花签有花名与相映的诗句写在牙牌签上，原是用来行酒令的，曹雪芹以花的品貌及诗的内容来预言各金钗的未来。

薛宝钗最先掷出牡丹及一句"任是无情也动人"的唐诗，牡丹是排第二十二的谷雨风信花；湘云当然是海棠；李纨的花签是排列第一的梅花，还有"霜晓寒姿"四字，说明了作者对她的评价。并不是所有的花签都是二十四番花信风中的花，林黛玉的芙蓉就不是，亦各有作者所隐藏的玄机。

说来讨论最多的，却是麝月所抽到的、排在牡丹之后的谷雨风信花，排第二十三的荼蘼，以及北宋诗人王淇的一句诗"开到荼蘼花事了"。

王淇大概也没有想到，他所写的《春暮游小园》小诗，因为被曹雪芹引用，竟然变得比他还有名。

春暮游小园
一从梅粉褪残妆，涂抹新红上海棠。
开到荼蘼花事了，丝丝天棘出莓墙。

第六十三回这段写着：

荼蘼究竟长得如何，资料甚缺。日本江户时期的图录上有酴醿（即荼蘼），属蔷薇科。

麝月便掣了一根出来。大家看时，这面上一枝荼蘼花，题着"韶华胜极"四字，那边写着一句旧诗，道是：
开到荼蘼花事了。
注云："在席共饮三杯送春。"
麝月问怎么讲，宝玉愁眉忙将签藏了说："咱们且喝酒。"

这个花签预言，许多红学家认为证实了麝月确有其人，如第二十一回脂评："……宝玉有此世人莫忍为之毒，故后文方能'悬崖撒手'一回；若他人得宝钗之妻，麝月之婢，岂能弃而而僧哉……"再对照第二十回脂评："麝月闲闲无语，令余鼻酸，正所谓对景伤情。丁亥夏，畸笏。"最后仍守着故主的是麝月。

荼蘼花是蔷薇科悬钩子属，落叶小灌木，亦称为酴醿。荼蘼花并不常见。

谷雨是春天最后一个节气，荼蘼开到二十四番花信风之末时，表示春日将尽。满枝白色荼蘼花谢时残花不忍相看，正是送春时分。

抽到荼蘼花签的麝月，虽是《红楼梦》中的人物，应该也是真实生活中陪伴作者到贫老的家人。

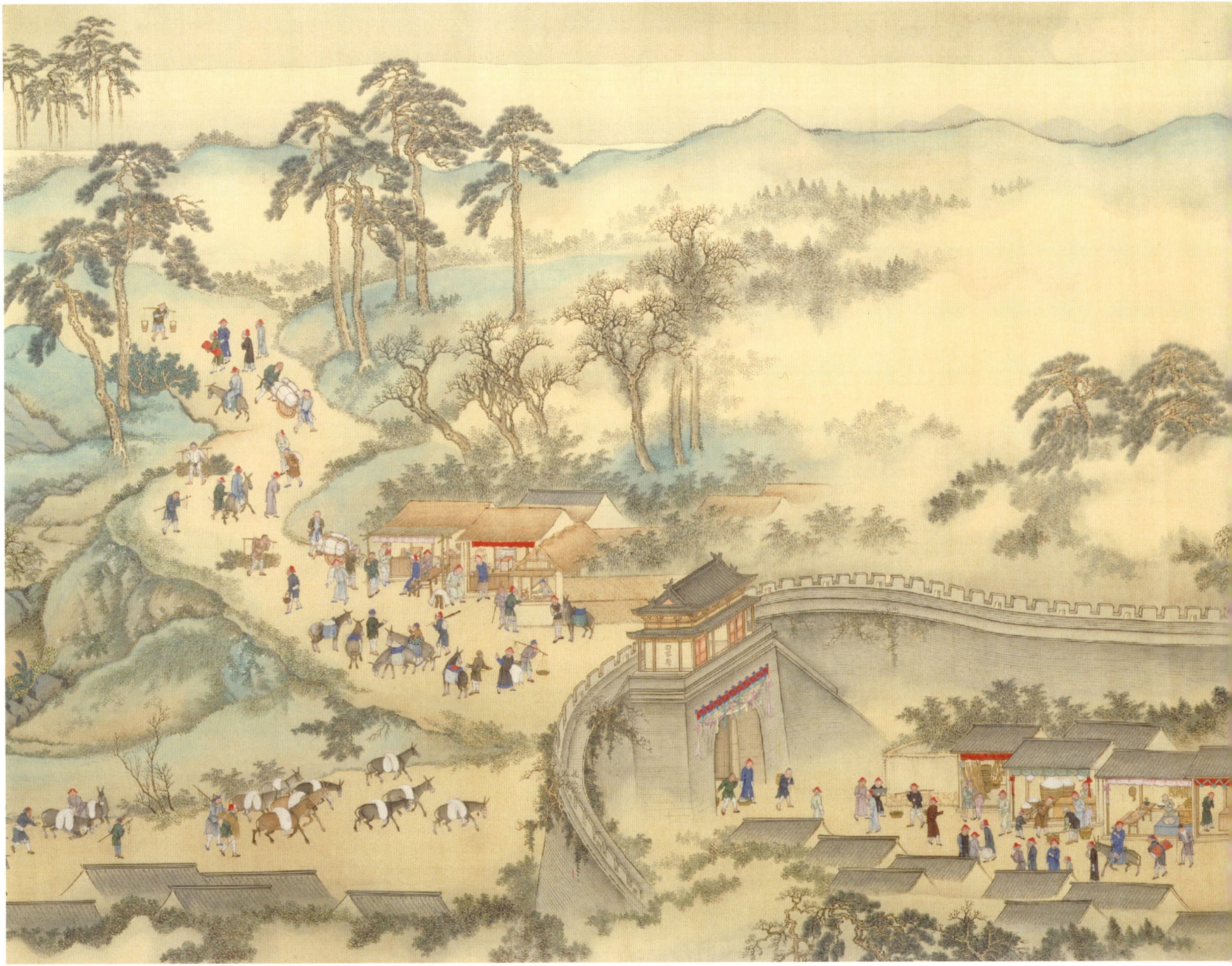

康熙二十八年第二次南巡后，由王翚（1632—1717）统领官廷画家历时六年，绘成十二卷之《康熙南巡图》。图为绢本，纵长均为67.8厘米，轴长不等。其中第十卷、第十一卷与江宁相关，描写康熙一行从浙江北返过江苏句容至江宁府。

画面始于句容县过太平庄、秣陵关至江宁通济门，沿途为江南农村景色。入通济门后主要街道上均搭有彩棚，绵延数十里。

附录一 《康熙南巡图》

康熙二十八年（1689）第二次南巡结束后，由王翚带领约一千名画工，包括画家杨晋、冷枚、王云、徐玫等，绘制设色十二卷绢本南巡图。曹寅的弟弟曹宣是南巡图的监画，据传他亦善画，他的第四个儿子曹頫过继给曹寅，接任江宁织造，有红学家认为曹頫是曹雪芹的父亲。

一、三、九、十、十一、十二等六卷的内容概述：

第一卷● 绢本设色，描绘康熙二十八年正月初八，从京师出发的场景。车驾从北京外城的永定门到京郊的南苑，康熙一行已经出城，送行的文武官员，站在护城河岸边，浩浩荡荡的队伍在大路上行进，玄烨坐在一匹白马上，由武装侍卫前呼后拥。路边仪仗鲜明整齐，一直排列到南苑行宫门口。

第三卷● 描绘康熙南巡至山东境内的情景。康熙在济南府城墙上视阅，先行骑兵正从城里出发，行进于绵延的山丘之间，到泰安州和泰山，康熙率扈从诸臣到泰山致礼。过泰山后，山势略趋平缓，画面至蒙阴县止。

第九卷● 玄烨一行已经从杭州出发，渡钱塘江，经萧山县，抵达绍兴府大禹陵。玄烨乘坐的龙舟在许多小船的簇拥下，驶抵对岸，随行并有大量马匹。西关城门洞结彩，沿途村民行旅不断，渐达绍兴府，街市、古塔、校场、府山、望越亭、镇东阁等一一细加描绘。出绍兴府，过田垄阡陌无数，即到大禹庙和大禹陵，康熙站立于华盖下，周围侍卫戒备森严，百官民众跪迎。

第十卷● 描写玄烨一行北返过江苏句容至江宁府的情景。由句容县过秣陵关至江宁通济门。入通济门后，街道上有长达数十里的彩棚。秦淮河穿过画面，之后出现了校场。康熙端坐在校场看台上阅兵。再过鸡鸣山、钟山、观星台后，以后湖（玄武湖）结束。

第十一卷● 始于江宁府的报恩寺，经水西门及旱西门，画面出现有名的秦淮河，河中舟船往来，跟随康熙的官员正在登船。再往前出现了山峦，尽头是一突入江心的巨大山石，这里是天险燕子矶，下临雄伟壮阔的万里长江，江水奔腾翻滚，康熙乘坐的龙舟顺江而下。

第十二卷● 描绘康熙一行结束南巡，回到京师的情景。从紫禁城太和殿、太和门开始，向南过金水桥，出午门，午门外两边各列大象五头，仪仗卤簿严整，一直排列到端门。康熙皇帝乘坐在八个人抬的肩舆上，以华盖为前导，武装骑士护卫，缓步返回皇宫。人群末有排成"天子万年"四字之队伍。

全图耗时六年完成，今仅存十卷，第一、九、十、十一、十二卷现藏于北京故宫博物院；第二、四两卷现藏于法国巴黎的吉美博物馆；第三卷现藏于美国纽约的大都会艺术博物馆；第六卷现藏于美国凤凰城；第七卷现藏于加拿大阿尔伯塔大学。

附录二 南巡图第十、十一卷中的南京

康熙二十三年的江南省城图，应与康熙二十八年南巡时所见略同。

本书所选用的卷十及卷十一的部分画面包括：

校　场	通济门
报恩寺	夫子庙
观星台	旧王府
旱西门	太平会
水西门	

- 【旧王府】朱元璋（1356年）攻取集庆路（即今南京），改集庆路为应天府，自称吴国公。1364年朱元璋在居所登上吴王之位，后称其吴王府居所为旧王府。

- 【明故宫】1367年元大都被朱元璋攻克，次年正月初四他在应天府称帝，国号明，建元洪武。下诏设南北两京，以应天府为南京、大梁（今开封）为北京。自1366年起开始建造应天府都城与皇宫，至1386年完工。

- 【旱西门】朱元璋在历代的基础上筑墙，明代城墙总长不少于33千米，至今仍保存的四个明代城门是聚宝门、石城门（即旱西门）、清凉门和神策门。

- 【报恩寺】原聚宝门外自东吴起就有建制的报恩寺琉璃塔，南巡图中仍可见到约建于永乐年间的规模，此塔后毁于太平天国战火，2015年重建琉璃塔。

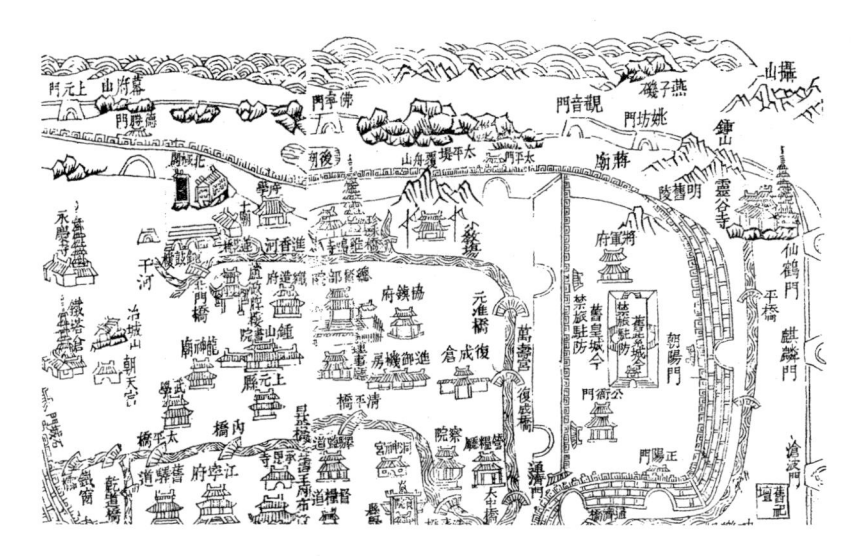

- 【观星台】1381年，朱元璋将元末建于鸡笼山上的观象台，扩建成钦天台，即南巡图中仍可见的观星台。

- 【江宁织造署】康熙二十八年第二次南巡，是驻跸于将军府，其余五次南巡均驻跸于江宁织造署，位于图中理事厅的位置。

- 【通济门】南巡图第十卷与江宁相关，描写康熙一行从浙江北返过江苏句容至江宁府，过太平庄、秣陵关至江宁通济门，沿途一派江南农村景色，入通济门后主要街道上均搭有彩棚，绵延数十里。

- 【校　场】江宁街道纵横、房屋鳞次栉比，康熙于二月二十七日上午在江宁宴请将军以下兵以上，并校阅官兵步射，图中他端坐在校场看台万众欢腾。

- 【太平门】江宁城北的玄武湖侧是太平门，城外湖光山色，太平会一样张灯结彩。

- 【水西门】南巡图始于江宁府的报恩寺，经水西门及旱西门，画面中出现有名的秦淮河，河中舟船往来。

附录三　重要红学家及著作

蔡元培（1868—1940）曾任北京大学校长，学者及教育家，著有《石头记索隐》，认为《红楼梦》全书系为反清复明而作，而与胡适论战。

胡　适（1891—1962）哥伦比亚大学哲学博士（1927），对红学等诸多领域都有深入的研究，与徐志摩等组织成立新月书店。1921年发表《红楼梦考证》一文，开启新红学研究，购入甲戌本后对曹雪芹卒年等有更深入探讨。

俞平伯（1900—1990）曾祖俞樾是清末著名学者，自幼受到古典文化的熏陶。1923年出版《红楼梦辨》，与胡适一同为新红学的奠基人。1953年入中国社会科学院文学研究所古典文学研究室，修订旧著后以《红楼梦研究》为名出版。"文革"时俞平伯在河南息县干校劳动（1969年11月—1971年1月），平反后继续研究，为最早深入研究并校订《红楼梦》之学者。

吴世昌（1908—1986）1961年在英国出版英文写作的长篇巨著《红楼梦探源》，1980年《红楼梦探源外编》，推测有关原稿八十回后情节，并认为脂砚为作者叔辈。

潘重规（1908—2003）红学家中反清复明论者。

吴恩裕（1909—1979）红学家，研究曹雪芹生平及红楼梦版本。

周汝昌（1918—2012）早年所著《红楼梦新证》资料详尽，对后世影响重大，许多红学研究均引用，包括史景迁的《康熙与曹寅》一书。其基本观点：《红楼梦》是曹雪芹的自传，脂砚斋是雪芹妻即书中史湘云。

张爱玲（1920—1995）著名小说家，祖母是李鸿章的女儿，所著《红楼梦魇》详细分析成书过程，认为创作多于自传。

高　阳（1922—1992）本名许晏骈，以历史小说著称，有《高阳说曹雪芹》及《红楼一家言》两种论作，并以《红楼梦断》为总题，著有十一本以曹雪芹为主角的系列小说。

冯其庸（1924—2017）以研究曹雪芹家世著称的红学家，近著为《瓜饭楼重校评批〈红楼梦〉》。

赵　冈（1929—　）著名经济学家，与夫人陈钟毅合著《红楼梦新探》。

余英时（1930—2021）当代著名历史学家、汉学家，著有《红楼梦的两个世界》，认为大观园是作者想象的理想世界。

刘世德（1932—　）红学家，著有《红楼梦版本探微》及《红学探索》等，对舒序本有深入研究。

蔡义江（1934—　）红学家，著有《红楼梦诗词曲赋评注》等。

余国藩（1938—2015）以英译《西游记》闻名于世，著有《重读石头记》一书。

另有多位现代学者及红学家以及独特之见解，如王关仕、皮述民、朱淡文、赵同等书中引述其见解，生平不再一一详列。

附录四　与《红楼梦》相关历史人物

吴梅村（1609—1672）明末清初诗人，以《圆圆曲》之"冲冠一怒为红颜"句闻名，曾被猜测为《红楼梦》原作者。

洪　升（1645？—1704）清初著名剧作家，有传奇《长生殿》及杂剧《四婵娟》多种剧作，1689年因为在康熙佟皇后丧期内招伶人演出《长生殿》，被革去国子监生籍。1691年回钱塘，1704年因郁郁酒醉落水而亡，亦曾被猜测为《红楼梦》原作者。

程伟元　生卒年应在乾隆到嘉庆年间。程伟元以活字印刷本发行了一百二十回的《红楼梦》，有别于此前只有八十回的手抄本《石头记》，《红楼梦》在1791年和1792年又有两个不同的版本，被称为"程甲本"和"程乙本"。程伟元自称后四十回《红楼梦》和前八十回是同一作者的作品，但红学家均认为前八十回是曹雪芹所作，后四十回则是高鹗或其他协助编书者的续作，或许有一小部分雪芹旧稿（甚而是增删五次中删去的旧稿）。

附录五 与《红楼梦》相关清皇室人物

努尔哈赤次子代善系

爱新觉罗·福彭——平郡王,是曹寅外孙

爱新觉罗·纳尔苏——平郡王,是曹寅女婿

努尔哈赤四子皇太极系

爱新觉罗·玄烨——康熙帝,曹寅为其伴读及近臣

爱新觉罗·胤禛——雍正帝,抄检苏州李家及江宁曹家

爱新觉罗·胤禩——康熙皇八子,李煦为其花八百两买苏州女子获罪

爱新觉罗·胤禟——康熙皇九子,曹頫为其铸一对金狮

爱新觉罗·胤祥——康熙皇十三子,曹頫被抄家后雍正让怡亲王胤祥看管

爱新觉罗·胤禵——康熙皇十四子,纳尔苏为其西征副将

爱新觉罗·弘明——胤禵嫡子,1718年间与福彭一同入宫为康熙抚养

爱新觉罗·永忠——弘明嫡子,1768年写三首诗吊曹雪芹

爱新觉罗·弘晓——胤祥嫡子,继任怡亲王,己卯本可能为怡王府抄本

努尔哈赤十二子阿济格系

爱新觉罗·敦敏——闲散宗室,曹雪芹挚友

爱新觉罗·敦诚——闲散宗室,曹雪芹挚友

爱新觉罗·赫尔赫宜——又名墨香,为二敦之叔父,永忠因他而看到《红楼梦》一书

努尔哈赤十五子多铎系

爱新觉罗·裕瑞——著有《枣窗闲笔》,透露许多曹雪芹信息

乾隆孝贤皇后富察家系

富察·明义——孝贤皇后之侄,1761年《绿烟琐窗集》中有《题红楼梦》诗二十首

富察·明仁——明义胞兄,敦诚将其与雪芹并提,均为故友

富察·明琳——明义堂兄,敦敏曾提及在明琳养石轩见过曹雪芹

附录六 《红楼梦》版本简述

● 己卯本

己卯本是《红楼梦》重要抄本之一，专指过去由陶洙收藏、后归中国国家图书馆的残本，现存不全然完整的四十三回。有目录页之各卷目录页题《石头记》书名，下注"脂砚斋凡四阅评过"之句。每一回回目前，均以"脂砚斋重评石头记"开头，因第三卷书名下注记"己卯冬月定本"而以"己卯本"命名。

1981年影印的己卯本编撰如下：

第一卷一至十回，缺目录页、第一回三页半及十回末一页半。

第二卷十一至二十回，十七、十八回共享一个回目，第十九回无回目。

第三卷三十一至四十回，尚称完整。

第四卷为残卷，计有五十五回后半、五十六、五十七、五十八回及至五十九回前半。

第五卷六十一至七十回，目录标明内缺六十四、六十七回，七十回末缺一页余。

己卯本最奇特处在于抄手众多，且抄录时与一般每人每次至少分抄一回的惯例不同，似一回拆成多页，每人仅分到一至二页，每回状况略同，笔迹亦重复出现，似有人急于阅读，以此多人分抄方式抄阅。

此本另一特征在于有多处避"玄、祥、晓"三字讳，正与康熙及其十三子胤祥及嫡孙弘晓名讳相同，而被认为系怡亲王府的抄本。

曹家与怡王府关系密切，曹𬱃按雍正旨意被抄家后归怡亲王胤祥看管。胤祥甚得雍正器重，曾让胤祥在其众儿子中任选一人，再赐封一王。胤祥推辞一直到他死后，雍正加封其子弘晈为宁郡王。

高阳认为《红楼梦》中怡红院的"怡"与宁国府的"宁"，都暗指了胤祥一家与《红楼梦》的关系密切，或许这是怡王府急急忙忙要抄录全书一探究竟吧。

此本后为民国初年藏书家董康所有，其来源不详。后归董康友陶洙所有，他在上面题批了许多文字，1981年影印本均已将这些批文删去，是否全然正确仍有争议。

己卯本现藏国家图书馆，第四卷残卷于1959年冬出现在北京琉璃厂中国书店，由中国革命历史博物馆（现中国国家博物馆）购藏，经冯其庸鉴定属己卯本残卷，所以并入上述复印件中。

己卯本第五回元妃判诗，与他本"虎兔相逢"不同，写的是"虎兕相逢"，有些红学家相信"兕"字才对，又衍生出元妃被弓绞杀的揣测。若以《红楼梦》全书重视五行节气来看，此段仍以"虎兔"较符合作者原意。

● 庚辰本

庚辰本专指1933年由徐星曙于北京东城隆福寺地摊所购得，缺六十四、六十七回两回，存七十八回的《石头记》抄本，现藏北京大学图书馆。

此套书因第五至八册封面书名下有"庚辰秋月定本"注记，而以"庚辰本"称之。

书名《石头记》，其格式与己卯本一样，十回一册、每面十列、每列三十字。庚辰本共八册，各册卷首标明"脂砚斋凡四阅评过"。庚辰指乾隆二十五年（1760），是己卯年的后一年，但此本是以1760年本为底本的抄本，因文字较完整、批语亦多且都署年份及名号，弥足珍贵。

经由庚辰本我们知道，曹雪芹连前八十回都没写完，二十二回末有"此后破失，俟再补"及"此回未成而芹逝矣"之文字，下页有暂记宝钗谜，以"朝罢谁携两袖烟"为首句的七言律诗，此一述说宝钗淡淡哀愁，谜底为更香的绝佳谜面，后来补继书者改给了黛玉。

攸关全书结局的第七十五回的中秋诗，却以"……"呈现。看到庚辰本此回前记"乾隆二十一年五月初七日对清。缺中秋诗，俟雪芹"这几个字，知道重要的中秋诗原来作者尚未构思完成。

庚辰本有眉批、侧批、双行夹批及回前回后批多种，批语总计两千余条，也有不少透露了批者所看到八十回后的文字，及某些文稿被借阅者迷失的遗憾。这些讯息内容，都与程高本所续后四十回不同。

红学家认为庚辰本是一个拼凑本，即收集多个残本抄录而成，第十一回之前无批语，朱笔批语全集中在第十二回到第二十八回，其余各回为墨笔批。

庚辰本抄手亦不止一人，多见讹文脱字，但较之程高本仍属接近作者原意的稿本，冯其庸以之为校正《红楼梦》的根据。冯校本把更香谜还给了宝钗，取消了黛玉与宝玉的谜语，却仍保留后人所补的一大段述说贾政悲谶心境的文字。

庚辰本七十八回，现藏北京大学图书馆。坊间有影印的庚辰本，六十四、六十七两回已自其他抄本补足，其余朱批部分以朱色印，墨批仍以墨色印。

● 有正本　戚序本

上海有正书局在宣统三年（1911）十一月，出版了石印本八十回的《国初秘本原本红楼梦》。这石印本是以戚蓼生（1732—1792）乾隆五十四年作序、重新抄录及整理的版本为底本，红学家称此石印本为"有正本"。

1911年版的有正本又称"大字本"，因为1920年有正书局又出了用原大字本剪贴缩小的版本，后来被称为"小字本"。两种对比原本，小字本较大字本改动更多。

有正本的底本与有戚蓼生序的手抄本（红学家称之为"戚序本"），两者就源头而言实为一体。戚序本在光绪年间被发现，戚蓼生是乾隆三十四年（1769）的进士。

戚序本与有正本实质呈现仍是不同的，1975年时有正书局在仓库中发现了原以为已经被焚毁的前四十回戚序本原稿，对比得知：有正本的边栏与行界经过修描，原钤四方"张开模藏书印章"的六处也被涂去，还修改过一些文字，并加了许多眉批。

有些变更固是为挖补改正错漏处，但加眉批实会混淆原脂批意义，红学界推测，擅改者应是有正书局当时的老板狄葆贤或他所委托的社会贤达人士。

戚蓼生之序落款确为乾隆五十四年，使俞平伯相信，其为未受到程伟元等影响而更动过内容的早本，所以他选有正本为校对《红楼梦》的底本，有正本的底本戚序本现藏上海古籍书店。

有正本与其他版本自有多处不同，在此仅提出大家所熟悉的茄鲞一节比较：

有正本——把四五月里的新茄包儿摘下来，把皮和瓤子去尽只要净肉，切成头发细的丝儿，晒干了，拿一只肥母鸡爆出老汤来，把这茄子丝上蒸笼蒸的鸡汤入了味，再拿出来晒干，如此九蒸九晒，必定晒脆了。盛在瓷罐子里封严了。要吃时拿出一碟子来，用炒的鸡瓜子一拌就是了。

庚辰本——把才下来的茄子把皮签了，只要净肉，切成碎钉子，用鸡油炸了。再用鸡脯子肉并香菌、新笋、蘑菇、五香腐干、各色干果子，俱切成钉子，用鸡汤煨干，将香油一收，外加糟油一拌，盛在磁罐子里封严，要吃时拿出来，用炒的鸡瓜一拌就是。

有正本当然夸张，庚辰本似过于平淡，没有大书特书的价值，究竟哪一种作法更接近曹雪芹的原意？恐怕没人可以回答。

● 东观阁本及各评点本

东观阁是北京琉璃厂的书肆之一，乾隆末嘉庆初年时，其主人王德化据程甲本翻刻《红楼梦》，是程甲本最早的翻刻本。

翻刻即是根据程甲本的文字重新雕版印制，最早的东观阁本可以说完全等同程甲本。为何未选程乙本而选程甲本，极可能是王德化早早取得的版本就是程甲本。不论活字版或雕版，每版可印刷的套数都极有限，因此嘉庆十六年（1811）东观阁又出版重刻本《新增批评绣像红楼梦》，并在正文行间加了评批及圈点，成为评点本。嘉庆二十三年及道光二年（1822）再重刻两次。

十年间三刻评点本，可见其销路不错。东观阁评点本又衍生了大量的翻刻本，此后《红楼梦》的白文本渐少，出现了其他评点本。评点本成为嘉庆至同治年间重要的《红楼梦》印本趋势。

所谓评点本，系点评者在阅读小说有所感时，在书中相应的地方（或书头、回前、回后等）评批、圈点的版本。一百二十回本的《红楼梦》问世后，排挤了手抄本的市场，评点本当然也使脂批沦为与点评等同，若非胡适因甲戌本重新开始研究曹雪芹及脂砚斋，今日红学也只是讨论这些点评者的小众文化。

东观阁评点本之后，最有名的评点本当属道光十二年洞庭王希廉雪香评的双清仙馆刊本。王希廉号护花主人，似是对书中花袭人最为推崇，他的观点认为第五回是《红楼梦》的纲领，全书的关键在"真假"二字，与近代红学家的看法一致。

另一名本《妙复轩评石头记》出刊于道光三十年，是号"太平闲人"的张新之所评，他认为《红楼梦》是演性理之书，故借宝玉说"除明明德外无书"。他最早指出秦可卿办丧事与林如海去世原系同时发生，但书中季节却是一春一秋，书中的纪历是一本糊涂账。

大某山民姚燮、张新之、王雪香评语整合的评本，称为"三家评本"。姚燮是最早统计《红楼梦》中人物数的批者，计男二八二人、女二三七人，并对发生年代别有心得。他认为黛玉进荣国府为己酉年，元妃省亲在壬子年，七十回探春生日等为甲寅年事，全书所写的就是康熙五十五年到六十一年这六年间的故事。

点评者在近代红学家的眼中，只能有一点参考价值，因为他们非常主观，也没有足够的史料佐证，加上当时信息流通不易，只是些自说自话。这些点评文字的字数可观，远超过原著，也是评点本的特色。

● 靖藏本

靖藏本是一个"据称"与甲戌本雷同的七十七回抄本，亦"据称"此一抄本曾在1959年至1964年间出现过，发现者为毛国瑶，他向收藏者借阅，并对比他自有的有正本，抄录了有正本所无的脂批150条，1974年，发表于南京师范学院《文教资料简报》上。

据称此本为扬州靖应鹍家所藏，因为除了毛国瑶谁也没见过此本，多数红学家认为此本根本不存在，而所谓150条脂批，系毛国瑶或伙同一些熟悉红学的专家所伪造。

也有人认为，此本发现不久时序即进入"文革"初期，破四旧的风潮下，靖家对外界声称书不见了，也不失是一种自保或自救之道，或怕红卫兵上门烧书，也可能自己就先烧掉了，不一定是没有这本书。据悉，1974年的全国评红运动，多次有人追逼"靖藏本"下落，依然杳无所得。

有红学家认为这150条脂批，较之其他本的脂批，除了两三条特殊评语外，并无突破之处，有些别字或错排，都是伪造者装模作样的杰作。

靖藏本批语出现之时，各名抄本均无复印件问世，引用脂批都间接依赖俞平伯1959年所出版的《脂砚斋红楼梦辑评》一书取得。

俞著一出版靖藏本就出现，有人甚而对比出俞著上的排字错误，靖藏本竟然错得一模一样，未免太巧了吧！

这其中还涉及红学界一些门派之争，如脂砚斋与畸笏是两人还是一人？畸笏是曹𫖯吗？靖藏本有两条似"量身定做"的批语，分别在：第二十二回各本仅有"今丁亥只剩朽物一枚……"的脂批前，多出"不数年芹溪、脂砚、杏斋诸子皆相继别去"，成为证明雪芹、脂砚、畸笏都不是一人的证据；第五十三回回前"……亘古所无、浩荡宏恩……母孀、兄亡，无依……断肠心摧……"似是昭告天下本批书人畸笏就是曹𫖯，这与其他几千条批语，都非常隐晦地避免读者猜测到其真实身份不同，确实怪异。

但也有不少知名的红学家，写红学相关论述文章时，仍都会引用靖藏本的脂批，特别是第十三回天香楼事，靖藏本特有"遗簪更衣"四字，连倾向不相信有靖藏本存在的高阳，都引用此一情节作为他十三册《红楼梦断》系列小说第一部《秣陵春》的开头。

到底有没有靖藏本，恐怕永无水落石出的一天。

此外列为重要抄本的除本书叙述的甲戌本，及附录简述的己卯本、庚辰本、戚序本、程本外，尚有舒序本、甲辰本、列藏本、郑藏本等多种。

另，法国国家科学研究中心（CNRS）中国文化研究所研究员陈庆浩（1941—　），整理脂批编成《新编石头记脂砚斋评语辑校》一书，是现存最全的批语辑，他认为脂砚似熟悉曹家早年的生活，并引用多条脂批证明：

真有是事，真有是事。（第三回）

真有是事，经过见过。（第十六回）

有是事，有是人。（第二十三回）

妙极之顽……此语余亦亲闻者，非编有也。（第六十三回）

……作者曾经、批者曾经，实系一写往事，非特造出……（第七十四回）

跋

戊子年版

余范英主笔

以工积六十年人生岁月的体会，参悟人生的"虚幻相对"与"真实究竟"，于"还历"之际，以她的才情慧心，将多年来与七姐妹相濡，在"红外线读书会"的受想行识，辑录出这本《石头记的虚幻与真实》，即是见证人生的多彩与幻化。姐妹们更期盼以工能在御史任上，穿透虚幻世相，还原真实究竟，淑世济人。

值兹新书传世之际，我们除了与有荣焉，更为以工还历志庆。

戊戌年版

马以工

戊子年到戊戌年是十年。

戊子年版出版后，因再任公职，离《红楼梦》很远很远，每日面对的都是贪渎、民怨、冤狱。卸任三年多来才有时间重读《红楼梦》，撰写另一本相关的书。下笔时时触礁之际，逢联经出版公司愿重印戊子年版，使我有机会重新检视自己旧作，改正一些因新信息出现（而发现）的错误，也给了新书新的动力。

戊子年到戊戌年也是七十年，庆幸自己健在的同时，也痛惜雪芹的早逝。2015年我敬佩的余国藩教授也去世了，他的《重读石头记》给我许多启示，本书也再次引用他的观点，再版特以《重读红楼梦》为副题。康来新教授认同"重读"已成为文学专业词汇，有理论有发展，也以"重读"向前辈致敬。